『世渡りの鏡——
ライヒニックが作った世界と世界を繋ぐ鏡。
聖女の資格を持つ者、女神の加護を
持つ者のみ使うことができる』

ゼファー
異世界のSランク冒険者で剣士。
瘴気に追われていたところを救われたことがきっかけで、澪亜に忠誠を誓い、友人に。
平等院澪亜
藤和白百合女学院に通う良家のお嬢様。
家の没落とぽっちゃり体型が原因でいじめられる。
しかしある日、祖母の鏡の力で異世界にワープし、聖女となる。

桃井ちひろ
澪亜のクラスの委員長。
いじめられていた澪亜をクラスで唯一案じていた。
フォルテ
異世界Sランク冒険者で弓使いのエルフ。
ゼファーとおなじく澪亜に窮地を助けられる。
臣下の誓いを捧げ、更に彼女のよき友人となる。
田中純子
澪亜のクラスのいじめっ子。
澪亜が美人の聖女になったことで、
徐々に立場を危うくしていき……？

お二人に幸運を――!
澪亜が祈りながら演奏をする。
ウサちゃんが曲に合わせて
「きゅう」と鳴いている。

四葉タト　福きつね
illust
I became a saint in a different world,
Complete victory with Saint Cheat in the real world!
異世界で聖女になった私、
現実世界でも聖女チートで
完全勝利！

illust:福きつね
Design:百足屋ユウコ+小久江厚(ムシカゴグラフィクス)

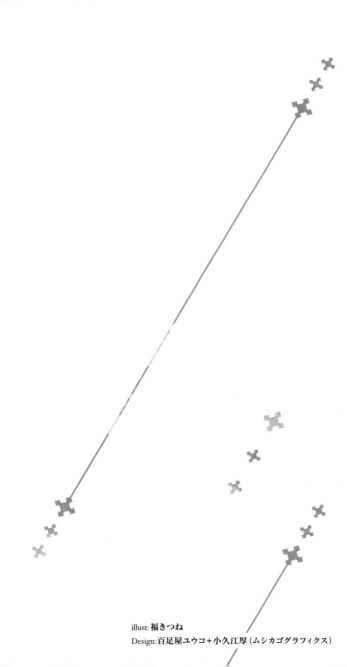

プロローグ

とある街の中心部に、藤和白百合《とうわしらゆり》女学院という女子校がある。

その地域では誰もが知る名門校であり、お嬢さま学校として名高い高校だ。

高校ではめずらしい純白のブレザーとスカートを特徴とした、街の名物とも言っていい制服を採用している。この制服に憧れて入学してくる生徒も多い。

私たちは制服を汚さないという自信の表れでもあり、純白の制服は彼女たちの誇りだ。

そんな夏服のブレザーに、革靴の跡をつけられた女子――平等院澪亜《びょうどういんれいあ》は嵐が去るのを待つかのように、身体《からだ》を丸めて地面にうずくまっていた。

彼女の純白の背中は、何度も踏みつけられたのか、茶色く変色している。

「おいデブ。おまえがいるだけで温度が上がるんだよ」

背の高い、気の強そうな女子が澪亜の丸い背中を蹴りつける。

革靴の跡がまた一つ増えた。

「脂肪が多すぎて跳ね返ってくるんですけどぉ」

ケラケラと気の強そうな女子が笑うと、周囲にいた取り巻きの女子三人も笑った。

澪亜を蹴りつけているのは田中純子《たなかじゅんこ》という、金持ち社長令嬢だ。どう育てられたのか、理由もなく澪亜を学校でいじめ抜いている。

「もう学校に来ないでくれませんかぁ〜、没落お貴族おデブさまぁ」

ゲラゲラと女子たちの笑い声が校舎裏に響いた。

澪亜は指だけは怪我をしないようにと身体を丸めている。いつものこと、いつものこと、と自分に言い聞かせて声を発しない。

「何も言えないんですかねぇ、平等院家のお嬢さまは? ほら、何とか言いなさいよ。ホラ、ホラ、ホラァッ」

言葉に合わせて純子が背中を蹴りつける。

容赦ない威力に澪亜は息をするのも苦しい。

それでも澪亜は「何も言えないのか」という問いかけに、律儀に答えようと顔を上げた。

澪亜の鳶色《とびいろ》の瞳が、純子を見つめた。

「こういうことは……よくないと思います」

「うるせえんだよ!」

純子が目を吊《つ》り上げて、ゲシゲシと澪亜の背中を再び蹴り始めた。

澪亜は顔を引っ込めて縮こまる。

もはや純白のブレザーに白い箇所は見つからない。純子はわざと砂を靴裏に擦りつけて足跡を残すように蹴っていた。

田中純子は何度いじめても言い返してくる、優等生な澪亜が気に食わないらしい。中学二年生で澪亜と同じクラスになってから高校一年生になった今まで、飽きもせずこうして澪亜に直接的な嫌がらせをしている。

「おまえの死んだ両親はバカだから没落したんだよ。親を恨め。豚女」

澪亜は唇を噛《か》み締めた。

いつもこうだ。純子は必ず最後には死んだ両親を引き合いに出して、ひどいことを言ってくる。

澪亜は悔しくて涙が出そうになるが、淑女が人前で泣くのは嬉《うれ》しいときだけよ、という母親の言葉を懸命に思い出して、仕打ちに耐えた。

「あれを出して」

やがて飽きたのか、純子が取り巻き連中に指示を出した。

澪亜が顔を上げると、澪亜の学生鞄《かばん》に大量の砂が投下されていた。

「ど……どうしてそんなことをするんですか？」

ザァァとご丁寧に準備してきたらしい砂が落ちていく様を見て、澪亜が悲鳴に近い声を上げた。

「どうって？　面白いから」

純子が笑うと、取り巻き連中の一人がパンパンに膨れ上がった鞄のチャックを閉める。

入り切らなかった砂がこぼれ落ちた。

きっと中の教科書はひどいことになっているだろう。

「持ってみて。どう、重い？」

「はい。とっても重いですわ」

取り巻き女子が砂入りの鞄を持ち上げて、よろめいた。

純子はそれを見て大爆笑する。

「豚。今日は砂を入れたまま帰れ。いいな？」

純子は満足したのか、茶色になった澪亜のブレザーを見て鼻で笑い、去っていった。

澪亜は呆然《ぼうぜん》と純子と取り巻き連中、四人の白い後ろ姿を眺めた。

「……痛いです……」

起き上がると、蹴られた背中と脇腹が痛む。

泣きそうになったが、ぐっとこらえ、ブレザーを脱いで広げた。

（ひどい……どうしてこんなことができるんだろう……）

真っ白だったブレザーが見るも無残な状態になっている。

純子に対する憎しみよりも、疑問のほうが大きい。なぜ他人にこんな仕打ちができるのか、理解できなかった。

（家に帰って洗わないと……）

澪亜がブレザーを丁寧に叩《たた》いていると、二人の女子生徒が校舎裏にやってきた。

「あ……春菜《はるな》、芽々子《めめこ》……」

色素の薄い髪をした姉妹と目が合った。

かつては一緒に暮らしていた、義理の姉と妹だ。

二人は純子に教えられ、わざわざ澪亜の様子を見に来たらしい。

何も言わず、汚物でも見るかのような視線をよこし、小馬鹿にした笑いを残していなくなった。

三年前までは仲が良かった義理の姉妹。

仲良しだったのは彼女たちのふりであって、心から澪亜を親族だと思っていなかった。澪亜の父の実家である平等院家は、夏月院《かげついん》家に裏切られ、すべてを奪われた。その後、姉妹は豹変《ひょうへん》した。

「……」

澪亜はみじめな気分になった。

なぜ、自分がこんな目に遭わなければいけないのかわからなかった。

両親が亡くなって家が没落したから？　それとも自分が太っているから？

また涙が出そうになってくる。

いっそ、今この瞬間に世界が消えてなくなってくれたらどれだけいいかと思う。

（おばあさま……）

マイナスな思考をすると、一緒に住む唯一の味方である、祖母の顔が浮かんだ。

澪亜は顔を上げてスカートの汚れをできるだけ払い、ブレザーを丸めて手に持った。鞄を開けてひっくり返し、砂に埋れた教科書や筆箱を拾い上げる。

（せめて私が痩せていたら……違ったのかな……）

動かしている自分の太い腕を見て、澪亜は力なく笑った。

どれだけダイエットを頑張っても痩せられない不便な身体だ。

（どこか遠いところへ行ってみたいよ……誰も私を知らない、どこか遠くへ……）

澪亜は砂だらけの教科書を丁寧に叩いて、鞄へ入れていく。

中身はまた家に帰ったら洗おう。

そう決めて、校舎裏から歩き出した。

○

築六十年。おんぼろの一軒家が平等院家の自宅だ。

以前住んでいた豪邸は、夏月院家のものになっている。

澪亜は重い足取りで玄関まで歩き、ドアを開けた。

「おかえりなさい」

玄関を開ける音を聞いたのか、祖母の声が響いた。

「ただいま戻りました、おばあさま」

澪亜がつとめて明るく言うと、リビングの座椅子に座っている祖母が怪訝《けげん》そうに眉をひそめた。

「どうしたの？　何かあったの？　砂の匂いがするじゃない」

祖母が白濁した瞳を澪亜に向けた。

昔は有名なピアニストとして活躍し、その美貌と卓越した演奏技術で世界中から引っ張りだこであった祖母の鞠江《まりえ》は、十年ほど前の事故で目が見えなくなった。それを機にピアニストの活動を引退している。

鞠江の失明はお家没落のタイミングよりも少し前だ。無関係ではないと思い、澪亜が理由を何度か聞いたが、教えてはくれなかった。

そんな鞠江は平等院家が没落しようとも名家出身らしさを失っていない。座椅子にすっぽり収まっている姿も、どこか凛《りん》とした輝きを持っている女性であった。

澪亜は鞠江のにごった瞳に見つめられ、すべてを見透かされているような気持ちになって息を飲んだ。

（いじめられていること、おばあさまには言えない……。これ以上心配をかけてはいけない……）

現在、澪亜は鞠江と二人暮らしだ。

両親は他界し、祖父はビルの爆発事故に巻き込まれてこの世にいない。

澪亜は、鞠江には心配をかけたくなかった。心穏やかな毎日を送ってほしいと願っている。孫の自分がいじめを受けていると知れば、心優しい鞠江は胸を痛めるだろう。口が裂けても、いじめられているとは言えなかった。

「いえ……なんでもありません。先ほど、転んだからだと思います」

澪亜は背中の痛みをこらえて言った。

「そう。先週も転んだわね？　淑女たるもの、注意深く歩かなくてはいけません」

「はい。申し訳ありません」

鞠江が何度かまばたきをすると、にこりと微笑《ほほえ》んだ。

「お隣さんにお芋をもらったのよ。ふかしてあるから食べなさい」

「まあ。後でお礼を言わなければいけませんね。それより大丈夫ですか？　お指に火傷《やけど》などしてませんか？」

「平気だわ」

鞠江がカラカラと軽快に笑った。

目が見えなくても、この祖母は自由人であった。

心配性の澪亜はいじめられたこともすっかり忘れて、学生鞄を置き、祖母の指へ視線を落とした。

（長い指……火傷はしてないね）

うんと澪亜はうなずいた。

以前、一人で調理をして火傷したのだ。あれからいつも心配している。

「料理は私がしますから、おばあさまはあまりご無理をなさらないでください」

「いいのよ。澪亜には苦労をかけたくないんだから。それよりもほら、着替えてきなさい。ピアノの練習も忘れないようにね」

「わかりました」

澪亜は素直にうなずいて、部屋着のワンピースに着替えた。

ピアノを練習する前に、洗面所で汚れた制服を洗っておく。

（なぜあんなひどい……田中さんはひどい人です……）

じゃぶじゃぶと水でブレザーを洗っていたら、また蹴られた痛みを思い出した。みじめな気持ちと、絶望感が胸に広がっていく。こんな毎日が卒業まで続くのかと思うと、胃が痛くなった。

（人のことを悪く言うのはよくないよね……お母さまとお父さまなら、何て言うんだろう……）

茶色くにごった水が排水口へ流れていく。

渦を巻いている水の中で溺れている自分を想像し、澪亜はため息をついた。

(……わからないな……)

澪亜は二階に上がり、ブレザーとスカートをベランダに干した。

錆《さ》びが目立つ物干し竿《ざお》に、藤和白百合女学院の制服がひるがえる。まったく場違いに見えて仕方がない。

ベランダから二階の部屋に戻ると、ところ狭しと物が置かれていた。

(お掃除しないとね……思い出の品ばかりだし……)

金目のものはすべて奪われてしまったため、部屋に置かれているのは相手にとって価値のない、写真や両親の洋服だ。

唯一高級品で持ち出せた物は、祖母のグランドピアノだけだ。さすがにピアニストからピアノまで奪ったら外聞が悪いという自分勝手な配慮であろう。ピアノは一階の部屋に置いてある。

(鏡も拭いたほうがいいかな?)

祖母が大切にしている、古ぼけた全身鏡に近づく。

かかっている布を取ると光が鏡に反射した。

(綺麗《きれい》な鏡……自分の姿は見たくないけど)

澪亜は自分の全身が映らないように、斜め前に立って、鏡の縁をなぞった。

髪の毛を手に取り、鏡に映してみる。

（お母さまとおばあさまと同じ色……でも……）

鳶色の瞳、亜麻色の髪、白い肌――すべて母と祖母譲りだ。

ただ、どう頑張っても太った身体が細くなることはなかった。顔に肉がつきやすいのか、お饅《まん》頭《じゅう》のように丸い。澪亜は自分の身体と、自分の顔が、大嫌いであった。自分の顔を鏡で見るのがいつから嫌いになったのか、覚えていない。

ぼんやりと鏡の縁をなぞっていると、光が反射して色味が強くなったように見えた。

（虹色に光った？）

澪亜はおもむろに指を伸ばし、鏡に触れてみる。

「――えっ」

指がスルリと鏡へ吸い込まれ、ずぶずぶと身体が引き込まれていく。

抗えない力に、澪亜は悲鳴を上げる暇もなく、鏡の中へと吸い込まれていった。

1.

「きゃあ！」

鏡に吸い込まれ、澪亜は地面に転がった。

（なに？　なにが起きたの？）

あわてて起き上がって鏡の存在を確認する。

振り返ると、祖母の鏡がそこにはあった。

(鏡が壊れたわけじゃなくてよかった……おばあさまの大切なものだからね)

ほっとため息をつくも、周囲を見回して澪亜は驚いた。

「ここ……どこでしょう。どこかの神殿かしら?」

真っ白な大理石調の石に囲まれた部屋だ。

子どもの頃にオランダやフランスで見学した教会に似ていた。神殿と呼ぶのがしっくりくる。

部屋にはぽつんと鏡が置いてあるだけで、他には何もない。

(……違う世界にワープしちゃったのかな? そんなこと……あるわけないけど……現実に起きているし……)

澪亜は小首をかしげる。

奥に扉が見えたので、鏡を一度振り返って確認する。戻るか? と逡巡《しゅんじゅん》し、それは違う気がして足を出した。

(奥の部屋に……行ってみよう)

普段の自分なら祖母に確認していただろう。だが、純子に蹴られて精神的な変化を求めていた澪亜は、扉を開けてみた。

「うわぁ……素敵な場所……」

扉の向こうには、荘厳な礼拝堂が広がっていた。

何十年も放置されていたのか蔦が半分壁を覆っているが、精緻なステンドグラスから淡い光がこぼれ落ちている。大きな鳥を象《かたど》った白亜の像が真ん中に設置され、地面には見たことのない模様が彫られていた。

（ファンタジー映画の魔法陣みたい……）

映画好きであった澪亜は、礼拝堂らしき場所に胸が躍った。

裸足《はだし》であったが、気にせずゆっくりと中心部へ向かってみる。

（あ……鳥の像の裏に木がある……果実がなってる？）

像の裏側に果樹が栽培されていた。

背丈は澪亜と同じ１６０㎝ほどで、プチトマトサイズの桃色をした小さな実がなっている。瑞々《みずみず》しい葉から、ぽたぽたと雫《しずく》が落ちていた。

（不思議……葉っぱから、絶え間なく水滴が落ちてる）

葉の雫は、白亜の石で彫られた水受けに落ちている。水受けには水が満ち満ちていた。

（飲んでみたいかも。果実も美味《おい》しそう）

澪亜は桃色のプチトマトっぽい果実に手を伸ばし、ごめんなさいと一言断ってから、実をもいだ。思った以上に中身が詰まっているのか、重量感がある。

「食べちゃう……？」

現実ではないどこかの世界。

ここがもし夢の世界だったとしたら、いつもと違うことがしたい。

そんな思いで、澪亜は果実を口に入れた。

「――!!」

濃縮された甘みが口の中で弾けた。

桃、ぶどう、苺《いちご》の味が代わるがわる口の中に広がっていく。決して味が混ざることなく、爽やかな香りが鼻孔を抜けていった。

「美味しい……美味しいよ……」

澪亜は果実の甘みに涙が出てきた。

この世界が自分を祝福してくれているように思え、ここにいてもいいんだよ、と語りかけているように感じる。たとえ自分の勘違いであっても今感じた気持ちは本物だった。

しばらく甘さを堪能し、水汲《みずく》み場から両手で水をすくって飲んでみる。

これも美味しい。清涼感が身体全体を通過していくみたいだった。

(一個にしておこう。他に食べたい人がいるかもしれないもの)

澪亜は果実には手を出さず、ありがとうと言った。

微《かす》かに果実が揺れたような気がした。

どういたしまして、と返された気分になって、澪亜は笑みがこぼれた。

(まだ何かあるかな?)

もう少し周囲を探索してみることにし、礼拝堂の隅へと目を向けると、ピアノがあることに気づいた。

（ピアノだ）

澪亜は嬉《うれ》しくなって足早に近づき、鍵盤の蓋をゆっくりと開ける。

指で押すと、ぽーんと音が響いた。

「古いけど音は鳴るみたい」

澪亜はワンピースが汚れるのも構わず、袖でピアノを丁寧に拭いていく。

ほこりまみれだったピアノが黒い光を取り戻した。

（よし……）

椅子に座って、両手を鍵盤に添える。

澪亜はピアニストである祖母の影響から、毎日かかさずピアノを弾いている。父と母が喜んでくれるため、ずっと練習していたのだ。腕前は音大に入学できるレベルであった。

今もボロ屋敷にピアノだけは置いてある。

祖母とピアノ。

この二つが、澪亜の心を現実世界につなぎとめていた。

もしどちらもなかったら、とっくに学校を登校拒否し、世界に背を向けていたように思う。

（ピアノ……ここにあるなんて）

パッと思い浮かんだ、シューマンの『トロイメライ』を弾くことにした。

一呼吸し、鍵盤に指をゆっくり走らせて旋律を奏でていく。

湖畔で子どもがのんびり遊んでいるような、優しい音が礼拝堂に反響して、澪亜は懐かしい気持ちになった。子どもの頃に祖母の鞠江《まりえ》から何度も教えてもらった曲だ。目を閉じると、あのときの鞠江の楽しげな表情と、大きくて優しい鳶色《とびいろ》の瞳が思い出される。

曲が終わり、目を開けた。

「――ッ！」

いつの間にか澪亜の目の前には、ふわふわと小さな光の珠《たま》が浮かんでいた。

珠はいくつも浮いていて、楽しげに上下している。

『――もっと聴かせて』

そんな声が脳内に響いて、澪亜は耳を覆った。

(今、頭の中で声がした？)

『――もっと弾いてみて。楽しい曲。嬉しい曲』

さらに聞こえ、澪亜は目を見開いた。

「えっと……あなたたちが聴きたいの？」

問いかけると、光の珠が何度も跳ねて、お互いにぶつかり合う。子どもがじゃれ合っているみたいで可愛《かわい》かった。

「わかりました。弾きますね」

澪亜はにっこりと笑い、ショパンの『子犬のワルツ』を弾き始めた。

澪亜の指が音を一度も外すことなく、鍵盤の上を迷いなく滑っていく。

テンポの速い曲に光の珠は大喜びなのか、澪亜の周りをぐるぐると跳ね回っている。次第に珠の数が増えてきて、短い曲が終わる頃には倍になっていた。

その後も澪亜は様々な曲を弾いた。

いつしか礼拝堂は光で満ち溢《あふ》れ、ピアノのコンサート会場のようになった。

(こんなに楽しいのっていつぶりだろう……鏡を通ってよかった……本当にありがとう)

一時間ほどの演奏を終えると、光の珠が満足したのか、ふわふわと浮きながら消えていった。

「ありがとう。また会えたら、とっても嬉しいです」

澪亜が手を振ると、珠が応えるように跳ねる。

光の珠が完全に消えたところで、また脳内に声が響いた。

『――条件を満たしました。聖女へ転職しますか?』

急に声が響いたので、澪亜はびくりと背を震わせた。

後ろを見ても誰もいない。

草に覆われた入り口の扉が見えるだけだ。

『――聖女へ転職しますか?』

女性の声がもう一度響く。

(聖女……?　聖女って、あの……聖女?)

澪亜が小首をかしげた。

考えるときの彼女の癖だ。

(私なんかが聖女……でも、面白いかもしれない。ヒカリダマさんたちも楽しそうだったし……私

も楽しく生きてみたい……)
光の珠をヒカリダマと命名したようだ。
澪亜はどうせなら面白くなりそうな方向へ行こうと決意し、こくりとうなずいた。
「はい。聖女へ転職します」
『――かしこまりました』
女性の声が脳内に響くと、澪亜の身体が光に包まれた。

2.

澪亜は立ち上がり、両手を広げて全身を確認する。
一瞬、身体が熱くなって光っていたように思えるが、今は収まっていた。
(なんだったんだろう……)
周囲を見回してみる。
半分が草に覆われた礼拝堂は静寂に包まれていた。
先ほどまでヒカリダマがたくさんいたのが、嘘《うそ》みたいだ。
『ステータスを表示いたします。女神が測定する生命数値です』
「ひゃあ!」

いきなり脳内に声が響いて、澪亜は跳び上がった。身体が重いので二ミリぐらいしか跳んでいないが。

すると、目の前に半透明のボードが登場した。ホログラムのように宙に浮いている。

「え？　何これ？」

澪亜はボードを恐る恐る触ってみる。するりと手がすり抜けた。

『ステータス表示と念じれば、いつでも閲覧可能です』

「そうなんですね？　あの……貴方さまは神さまでしょうか？」

澪亜が尋ねても何の返答もない。

しばらく待ってみても、声が聞こえることはなかった。

（あの声は事務員さんなのかな？　必要なことだけ伝えてくれるみたいだね）

天の声は事務員ではないと思うが、彼女が言うのならそういうことにしておこう。

（ステータス……漫画とか、ゲームのこと？　よくわからないな……）

お嬢さま育ちの澪亜には馴染《なじ》みの薄い言葉だ。

庭師であった青年がゲームの話をしてくれた記憶が微かにある。

澪亜はボードへ視線を落とした。

平等院澪亜
○職業：学生
2.

レベル1
体力／1
魔力／1
知力／10
幸運／10
魅力／3
◯一般スキル
〈楽器演奏〉ピアノ・ヴァイオリン
〈料理〉和食・洋食
〈礼儀〉貴族作法・茶道・華道・習字
〈演技〉泣き我慢

↓

平等院澪亜
◯職業：聖女
レベル1
体力／20

魔力／１００
知力／１００
幸運／１００
魅力／１００

○一般スキル
〈楽器演奏〉ピアノ・ヴァイオリン
〈料理〉和食・洋食
〈礼儀〉貴族作法・茶道・華道・習字
〈演技〉役者
○聖女スキル
〈聖魔法〉聖水作成・治癒・結界・保護
〈癒やしの波動〉
〈癒やしの微笑み〉
〈癒やしの眼差し〉
〈鑑定〉
〈完全言語理解〉
〈アイテムボックス〉

右側に元のステータス。

左側に新しいステータスが表示されているらしい。

職業が学生から聖女に変わっていた。

（職業が聖女に変わっているみたい……面白いなぁ……もともとの体力が1なところがリアルでつらい……）

ちょっとヘコむ澪亜。

（一般スキルの〝泣き我慢〟……私が何度も我慢してきたからだよね……このステータス、すごいよ。本物なのかな？）

気を取り直し、まじまじとボードを眺める。

聖女に変更されてからステータスの伸びが凄まじい。

魔力という項目が気になった。

ファンタジー映画を家族でよく観に行ったものだ。ＶＩＰルームで観る映画は澪亜のお気に入りだった。今では懐かしい思い出だ。

ひょっとしたら魔法が使えるかもと、澪亜はわくわくしてくる。

（聖水作成……？　あ、考えたら頭の中にやり方が浮かんできた。治癒も……なるほど）

聖女の力なのか、項目を思い浮かべればどうすればいいのか何となくわかる。

試しに水受けへ手をかざし、聖水作成を念じた。

パッと光が弾け、小さなヒカリダマが出現した。光の珠がゆっくりと水へ染み込んでいく。虹色に輝くと、水が浄化された……ような気がした。

（えーっと、本当に聖水っていうのになってるのかな？　どうやったらわかるんだろう……。鑑定っていうスキルでどうにかならないかな……あ――、出てきた）

鑑定スキルが行使され、水の上部にボードが現れた。

『聖水――聖女レイアの作った聖水。飲んだ者の心を癒やし、体力を持続回復させる。悪しき者が触れると浄化される。物を本来の姿へと戻す』と書かれている。

「ちょっと恥ずかしい……」

聖女レイアと書かれていることが、なんだかむずがゆくて頬が熱くなった。

手ですくって聖水を飲むと、口の中がさっぱりとなった。歯磨きをした後のような感覚だ。

（山から汲《く》んできた綺麗《きれい》なお水って感じかな？　お口がすっきりして不思議）

澪亜は考えながらハンカチをポケットから取り出し、丁寧に口と手を拭いた。

しばらく、何も考えずにぼんやりと礼拝堂を眺めてみる。

昔からここを知っていたような、そんな安心感があった。聖女になったからだろうか？

（やっぱり、鏡を通過すると別世界に移動するってことでいいのかも……魔法の力が使えるのがその証拠だよね。いわゆる、異世界かな？）

純子に背中を散々に蹴られたときの、どろどろした屈辱的な思いや、悔しさ、悲しみ、そんな感情が今はまるでない。黒く塗りつぶされていた壁を、真っ白に塗り替えられた気分だ。

晴れやかで落ち着いた自分の心が、澪亜は心強かった。

自分で自分が心強いなど、感じたことがない。

「あっ、おばあさまのお芋」

落ち着いた気分になったら、鞠江がふかしてくれた芋のことを思い出した。

急ぎ足で礼拝堂から出て、白亜の部屋に入り、鏡を「えい」とくぐり抜けた。

ぬるりと空気の膜を通過するような感触がし、目の前が雑然とした部屋に切り替わった。

「……戻ってこれた」

鏡が一方通行でなくてよかった。

澪亜は一階に下り、遅かったねと祖母に言われてふかした芋を一口食べ、そのまま夕食を作った。買いだめしていたスーパーの特売品で作る料理だ。魚の煮付け、山菜、味噌汁《みそしる》、ご飯という倹約メニューとなった。ダイエットをしているので、お米は少なめだ。

その後、鞠江と夕食を食べて、少し雑談する。

(そっか、明日から夏休みか……)

学校について目をそむけていたが、明日から夏休みだと思い出した。

(よかった……学校に行かなくてよくて……)

学校には苦しみしかない。

いじめてくる田中純子、侮蔑の目を向ける義理の姉妹、友達もいなくて、いつもひとりぼっちだ。

夏休み。約四十日の休日は田中純子にも、義理の姉妹にも会わなくて済む。澪亜は腰の力が抜けたように脱力した。

祖母の鞠江は座椅子に座り、お隣さんからもらったお古のタブレットから音声を出し、動画を再生して何かの実況を聴いている。Wi－Fiもお隣さんから許可を取って使わせてもらっていた。見えないのに手慣れた操作だ。

ふと、鞠江が顔を上げた。

「澪亜、夏休みは何をするの？」

「そうですね……お掃除をしようかなと思います」

「そう。勉強とピアノ以外にも、自分の楽しみを見つけられるといいわね」

鞠江が微笑んでくれた。

澪亜は異世界の礼拝堂を掃除しようと思った。

あの世界の存在が、生きる意味を教えてくれたような気がする。

（明日から、異世界に行こう）

食器を洗って片付け、夏休みの宿題を少しやり、早めに寝ることにした。

今日は色々あって疲れた。

部屋に戻って安物のパジャマに着替え、電気を消す。

薄い布団に身体を横たえ、木製の古めかしい天井を見上げた。

（――ステータス表示）

念じると、ホログラムのようなボードが現れた。

平等院澪亜
○職業：聖女
レベル1
体力／20
魔力／１００
知力／１００
幸運／１００
魅力／１００
○一般スキル
〈楽器演奏〉ピアノ・ヴァイオリン
〈料理〉和食・洋食
〈礼儀〉貴族作法・茶道・華道・習字
〈演技〉役者
○聖女スキル
〈聖魔法〉聖水作成・治癒・結界・保護
〈癒やしの波動〉
〈癒やしの微笑み〉

〈癒やしの眼差し〉

〈鑑定〉

〈完全言語理解〉

〈アイテムボックス〉


ステータスが出てきた。やはり、あの世界はまぼろしではないと確信した。

（一般スキルは私が習ってきたもので……聖女スキルが聖女になってから手に入れたもの……癒やしの波動？　癒やしの微笑み？　……よくわからないなぁ。明日、神殿のお掃除をしてから検証してみようかな）

神殿の掃除を優先させるところが澪亜らしかった。

（明日から……楽しみだな……）

澪亜はタオルケットをお腹にかけ、ちらりと自室のカーテンレールにかけた制服を見た。

暗闇でも、蹴られた汚れの残りが見える。

水洗いだけでは落ちなかった。高級なブレザーなので洗剤で洗うわけにもいかない。クリーニングに出すお金もない。

（そうだ……明日、聖水で洗ってみよう）

そんなことを思いつき、澪亜は眠りについた。

3.

朝食を食べてストレッチをし、掃除用具を手に持った。

(神殿にお返しをしなきゃね！)

今日から学校がないので気分爽快だ。

ひとときの安らぎと、不思議な魔法の力をくれた神殿に感謝をし、澪亜は自分の体型を見ないように、正面ではなく横から鏡をくぐり抜けた。

ぬるりとした独特な感覚が全身に走る。

「よかった。問題ないみたい」

そう言って鏡を振り返る。

一瞬、太っている体型の自分が見えて、すぐに目をそらした。

今は楽しいことだけを考えよう。そう言い聞かせて、澪亜は手に持ったバケツに入っている掃除用具を確認する。雑巾、スポンジ、鋏《はさみ》、洗剤、軍手がバケツに収まっていた。百円均一で買った肩掛け鞄《かばん》には学校指定のブレザーとスカートが入っている。

部屋を歩き、扉を開けて礼拝堂に入った。

礼拝堂には静謐《せいひつ》な空気が流れていた。二度目であるのに、その美しさと佇《たたず》まいにため息を漏らしてしまう。この場所はかけがえのないものだ。そう感じ、澪亜は目を閉じて感謝を伝える。

（ありがとうございます。私を受け入れてくれて、感謝いたします）

澪亜は頭《こうべ》を垂れて、祈りを捧《ささ》げた。

（よし、お掃除をしよう）

数十秒祈り、中心部にある鳥の像へと向かい、桃色のプチトマトっぽい果実を眺めた。

「あっ……昨日食べたところに実がなってる」

昨日、澪亜が取った部分に、瑞々《みずみず》しい実が一つできていた。一日で育つとは成長が早い。

そろりと手を伸ばし、澪亜は実を食べた。

弾けるような甘みが口いっぱいに広がり、思わず頬を手で押さえてしまう。

「美味しいです」

めくるめく心地の香りが鼻孔を抜け、身体に活力が湧いてくる気がした。

「ありがとうございました」

果実へ律儀に一礼し、澪亜は水受けに溜《た》まっている水をバケツに汲《く》んだ。

半分くらいを満たして手をかざし、聖水作成と唱える。

パッとヒカリダマが出現してバケツの水が聖水へと変化した。

「ええっと、鑑定って言えばいいのかな――？」

声に出してみると、ボードが現れた。

「あ、出てきた」

『聖水――聖女レイアの作った聖水。飲んだ者の心を癒やし、体力を持続回復させる。悪しき者が触れると浄化される。物を本来の姿へと戻す』

「うん、聖水になっているね。では、失礼させていただきます」

肩掛け鞄からブレザーとスカートを取り出し、聖水につけてみた。

しゅわしゅわと炭酸の弾けるような音が響き、黒い煙が吹き出てきた。

「きゃあ！　か、火事？　燃えちゃったの?!」

煙は断末魔を上げるかのように空中でうねると、あっさり消えた。

実はこれ、いじめっ子である田中純子の悪意が澪亜の制服に付着していたのだ。人間が執着した物には、こうして悪意が付与されることが稀《まれ》にあった。

ブレザーとスカートが浄化され、田中純子が再び制服に執着する可能性は低くなった。

（黒い煙、消えたね……よかった。でもしゅわしゅわはまだ消えていないみたい）

そんなことを知らない澪亜は、バケツを覗《のぞ》き込んだ。

バケツの中で気泡が浮かんでは消えていく。

澪亜は着ていたワンピースの袖を腕まくりして、両手を入れて制服を揉《も》み洗いした。

ある程度洗ってからじゃぶんと取り出すと、ブレザーがピカピカに白くなっていた。

「まあ！　とっても綺麗《きれい》になってる！　聖水ってすごいんですね……。このまま干しておきましょう」

澪亜は肩掛け鞄から持ち込んでいたハンガーを取り出して、礼拝堂の窓枠にブレザーとスカートをかけた。外からの風が気持ちよく流れ込んでいる。

3.

小鳥が一羽飛んできて、窓枠に止まった。

「あっ、小鳥さん。可愛い……」

虹色の身体をした小鳥だ。

窓枠に落ちている小さな木の実をついばみ、こてりと首をかしげている。

澪亜も小首をかしげ、微笑んだ。

小鳥はタッタッタと窓枠を軽快に跳ねると、飛び去っていった。

「気をつけてくださいね～」

小鳥に声をかけ、手を振る澪亜。

森の方向へと消えていった小鳥を目で追い、室内に視線を戻した。

「礼拝堂の窓、半分は開いたままだね」

礼拝堂をぐるりと眺める。

(帰るときに閉めたほうがいいかもしれない。外がどうなっているかも気になるし……。小鳥さんの好きな木の実は外に出しておいてあげよう)

窓から見える外の景色は、大自然、といった様相だ。

広大な芝生の奥に森が見える。

野外探索は後回しにし、まずは神殿の掃除へと戻ることにした。

バケツに再び聖水を作り、まずは鳥の像を磨いていく。

(この像、どんな鳥なんだろう。像になるくらいだからきっと崇拝の対象になっているんだろうけ

ど……さっきの小鳥とは全然違うね)

像はくちばしが長く、羽が大きい。

止まり木で休憩しているポーズだが、羽が下まで伸びていた。

隅々まで拭くと、像が真っ白になった。

(綺麗になると満足感があるよね)

澪亜は満足げにうなずいて、一度休憩することにした。

礼拝堂にあった古ぼけた椅子に腰をかけ、肩掛け鞄から水筒を取り出した。聖水を新しく作って飲みながら、ぼんやりとステンドグラスを見上げてみる。

一人の人間が、大きな鳥から何かを受け取っている光景が描かれているみたいだ。真ん中から下の部分が蔦《つた》に覆われていて見えない。

(こっちの宗教なのかな? 大きな鳥が神さまってこと?)

ステンドグラスを見上げ、澪亜は知らない世界の常識に思いを馳《は》せる。

ゆくゆくはステンドグラスや壁も綺麗にできればと思った。

(休憩終わり。ちょっと神殿を探索してみようかな)

実は気になっていた箇所があった。鏡のある部屋の他に、まだ三つの扉があるのだ。

どの扉にも精緻な彫刻がなされていて、ファンタジー要素満載だった。

(変な生物とか出てこないといいけど……)

まずは一番左の扉を開けることにした。

ドアノブに蔦が絡まっていたので、持ってきていた鋏でどうにか切った。枝切り鋏があればいいのだが、今の平等院家にとって、買いたくても買えない一品だ。当然、家に戻ってもない。

（ふう……よし……）

蔦を取り除き、澪亜はゆっくりとドアノブを回した。

暗い部屋だ。中が何も見えない。

（怖いなぁ……もうちょっとドアを開けて……）

ギギギと蝶番《ちょうつがい》の擦れる音がして、室内に礼拝堂の光が入り込んでいく。

すると、背筋が冷たくなる音が聞こえた。

全人類のレディが大嫌いな、カサカサという、あの音だ。

「——ッ⁉」

澪亜は即座にドアを閉めた。

見えた。確かに黒光りするアレが見えた。

足元に彼奴《あいつ》らがいないか必死に確認する。

（よかった、いない……）

一呼吸した後の澪亜の行動は早かった。

一度自宅に戻り、薬を霧状に噴出するG退治のグッズを異世界に持ち込んだ。ちょうど特売で買った予備があったのだ。

誘拐犯の立てこもる部屋に突入する警察のごとく、脳内で「3、2、1」とカウントして例のドアを開けて、Ｇ退治グッズを部屋に放り込んだ。

バタン、とあわててドアを閉める。

「大丈夫、大丈夫……神殿を浄化しなきゃ」

謎の使命感が湧き上がり、澪亜は拳を握る。

ひとまず、その日は疲れたので、掃除用具を持って自宅に戻ることにした。

二階の鏡がある部屋で一息つくと、祖母鞠江《まりえ》の声がした。

「澪亜、お勉強していたのー？」

お隣さんと話をしていたのか、階下の玄関口から聞こえてくる。

「いえ、お掃除をしておりました～」

「ありがとう。手を怪我しないようにね。掃除ぐらいなら私もできるからねー」

「はぁい」

澪亜は答えて、日課をこなすことにした。

ピアノ、ジョギング、ヨガ――

腹のお肉は依然として不退転であった。

頑固な職人のごとく、澪亜の腹部に居座り続けている。

だが、長年付き合い続けてきた自分の身体だ。澪亜はそのちょっとした変化に気づいた。

（あれ……？　ちょっとだけ減ってる……？）

むにむにと何度かお肉をつまんでみる。確かに、ちょっとばかり減っている気がした。

澪亜は嬉しくなってきて、笑顔になった。

(努力は続けよう！　いつか実を結ぶ日が来るよね！)

むんと両手で拳を作り、明日の希望へと思いを馳せた。

どんなダイエットにも抵抗してきたお肉たちだ。何度もあきらめかけたが、父と母の言っていた〝継続は力なり〟、という言葉を信じて今までずっとダイエットを続けてきた。

(鏡で異世界に行ってから気持ちが前向きになったなぁ……。感謝しかないよ)

その日、澪亜はいい気分で眠りについた。

○

翌日、朝食を済ませて鏡をくぐると、脳内に女性の声が響いた。

(おめでとうございます。聖女・レベル1からレベル8に上がりました。ステータスで確認ができます)

「ひゃあ！」

いきなり声が響いて、澪亜は持っていたバケツを取り落としそうになった。

鏡を通過した瞬間に声が聞こえた。

澪亜はきょろきょろと周囲を見回す。

いつもと同じ、鏡だけが置いてある白亜の部屋だ。

(びっくりした……異世界の事務員さんの声だね……。この世界の人はみんな聞き慣れているのかな？　個人個人にアナウンスするのは大変な仕事だろうけど大丈夫かな……？)

脳内アナウンスの人を心配し始める澪亜。

どういう仕組みなのかは知らないが、確かに一人ずつアナウンスするのは大変そうである。

もっとも、この異世界に人がいるかもわからない状態だが、澪亜は神殿があることから多くの人が存在しているのだろうと考えていた。

(神殿を綺麗にしたら、森にも行ってみたいよね。それより……ステータスを確認してみよう)

澪亜がステータス表示と念じると、ホログラムっぽいボードが現れた。

出てきた数値に視線を落とす。

平等院澪亜
○職業：聖女
レベル８
体力／２００

魔力／800
知力／800
幸運／800
魅力／800

○一般スキル
〈楽器演奏〉ピアノ・ヴァイオリン
〈料理〉和食・洋食
〈礼儀〉貴族作法・茶道・華道・習字
〈演技〉役者

○聖女スキル
〈聖魔法〉聖水作成・治癒・結界・保護
〈癒やしの波動〉
〈癒やしの微笑み〉
〈癒やしの眼差し〉
〈鑑定〉
〈完全言語理解〉
〈アイテムボックス〉
〈テイム〉new

〈危機回避〉new
〈邪悪探知〉new

レベルが1から8に上がっている。

ゲームなどまったくやったことのない澪亜であったが、掃除をしただけで上がるものでもなさそうだと思った。

理系分野も得意な澪亜だ。

体力以外が七百ずつ上がっていることにすぐに気づき、ボードのレベル部分を鑑定してみた。

すると、履歴らしきものが出てきた。

『デビルコックローチを二十三匹退治。レベル8へ――』

（デビルコックローチ……昨日部屋に放り込んだ殺虫剤が効いたんだよ！　でも……デビルってついてるし、悪そうな生物だね……。そういう生物を退治するとレベルが上がるのかな？）

そんな予想を膨らませつつ、例の部屋の扉の前に立った。

ごくりと喉を鳴らしてゆっくりと開ける。

（飛んでくるとかないよね……？）

お嬢さまらしく、へっぴり腰にはならないが腰が引けている。

そろりと扉の隙間から覗《のぞ》きこむも物音はせず、静かなものであった。

澪亜は肩の力を抜いて、持ってきた懐中電灯を鞄《かばん》から出した。

（アレの残骸が……よかった、なくなってる。どこに消えたんだろう）

部屋は六畳ぐらいの広さだった。

デビルコックローチの姿はなく、部屋の奥にはファンタジー映画に出てくるような武器や防具が飾られている。

（おっきい剣が一本、弓が一つ、鎧《よろい》、ローブが一つずつ……）

澪亜は懐中電灯を上向きになるよう置いて、剣を持ってみることにした。

普段ならこんなことはしないが、やはり異世界に来たことで冒険心が大きくなっているのだろうか。

丸い手で剣の柄を持ってみるも、拒絶されているような感覚がした。

「んんん……」

引っ張ってみてもびくともしない。

ぷはぁと息を吐いて、手を離した。

「力がないからなぁ……筋トレしたほうがいいかも」

全然見当違いのことを考えている澪亜。

鑑定を使ったらどうでしょうお嬢さま、と提案したいところだ。

弓のほうも試してみたが、これも使えそうになかった。

（使えなくてもいいよね。私が使えるはずもないし、使うのは怖いし）

剣と弓を眺めながら、澪亜は腕を組んだ。

しばらく武器と防具を眺めていると、床からじわりと黒い物体がにじみ出ていることに気づいた。

(汚れかな？　なんかイヤ～な気配がするかも……)

後ずさりして様子を見ている間にも、黒い物体はじわじわと湧き出ている。

(そうか。鑑定――)

鑑定の存在を思い出して、スキルを使ってみる。黒い物体の横にボードが現れた。

『瘴気《しょうき》――ララマリアの世界を蝕《むしば》む悪しき元素』

(ララマリア？　この世界の名前かな？)

澪亜はボードを見つめる。

(瘴気が世界を壊そうとしているんだったら大変だよ。神殿も悪くなっちゃいそう。急いでどうにかしないと)

澪亜は懐中電灯を取り、バケツを持って水受けに溜まった水を汲《く》んで、聖水を作った。

聖水の効果である『悪しき者が触れると浄化される』という言葉を思い出したのだ。

聖水を水筒へ移し、床の継ぎ目から出てこようとしている瘴気にふりかけた。

(効くかな？)

結果、めちゃくちゃ効いた。

瘴気がみるみるうちに消えていき、聖水のかかった床がにわかに発光し始めた。

(床がちょっと光ってる？　綺麗になってくれたの？　それなら、聖水で打ち水をしておこうかな)

部屋の端から端まで、聖水をふりかけた。

武器と防具にも念のためかけておく。またしても黒い煙がもくもくと上がって霧散した。

「まあ……お部屋がピカピカで明るくなりました」

先ほどまでの薄暗い部屋が嘘《うそ》みたいに、蛍光灯の明かりをつけたかのような光で満ちていた。イヤな雰囲気も消えている。

『おめでとうございます。瘴気を浄化いたしました。レベルが上がります』

突然、女性の声が脳内に響いた。

「――――」

今度は悲鳴を我慢できた。

深呼吸してからステータスを確認すると、レベルが8から13まで上がっている。

(瘴気を浄化してもレベルが上がるんだね。へえ……不思議だなぁ……)

ステータス欄にある項目を検証するのは後回しにして、イヤな雰囲気のする場所を、聖水で浄化していくことにした。

バケツに聖水を作り、水筒に入れて、まいていく。

礼拝堂の隅っこや、椅子の下などに頑強な瘴気がいたので、聖水で退治していく。

(隣の部屋も見てみようかな……またGがいたら……)

武器と防具のあった部屋の隣、女神らしき女性の後ろ姿が彫られている扉の前に立ち、水筒を構えて、「3、2、1」とカウントする。気持ちは突入する警察官だ。

(いきます！)

扉を勢いよく開いた。

例の音は聞こえない。その代わり、かなりの瘴気が床や壁にこびりついていた。

独特な嫌悪感が胸の内に広がっていく。

聖女スキル〈邪悪探知〉が反応しているらしい。

（黒い瘴気がいっぱいだよ。よし）

ぱしゃぱしゃと地道に聖水をふりかけていく。

聖水は瘴気と一緒に蒸発するので、床が水浸しになることはない。

天井には勢いをつけて、「えい」と可愛らしい掛け声で水筒をスイングして、聖水をふりかけた。

体力は低いが運動神経はいい。二、三回失敗したらコツをつかんできて、誤射がなくなってきた。

汚れがみるみる落ちていくので爽快感がある。

澪亜は聖水の水筒打ち水に、すっかりハマった。

（瘴気が消滅して壁がピカピカになるのが素敵。魔法みたい）

実際魔法なのだが、澪亜は魔法みたいだと喜んでいる。

部屋全体を浄化すると、ここが寝泊まりする寝室だとわかった。ベッドと布団が敷いてある。布団は長年使っていないにもかかわらず、なぜか清潔そうだった。

ぽんと叩《たた》くと、シーツの手触りがした。

（全然汚れてない……これも魔法の力かな？　魔法ってすごい技術だよ）

使う予定はないものの、せっかくなのでベッドと布団も浄化しておく。

（お部屋のお掃除は完了だね）

浄化したおかげで部屋全体が明るくなり、本棚の背表紙が見えるようになった。

本棚を眺めてみる。

（ララマリアの歴史、浄化魔法学、聖水作成の極意……異世界の本って感じだね）

読もうか悩んだが、やめておいた。

ひとまずは神殿中の瘴気を浄化することに専念しようと方針を固めた。

（長丁場になりそうだね）

澪亜は礼拝堂へ戻り、バケツに水を汲んで聖水作成のスキルを使った。

○

目に見える箇所の大まかな浄化が終わるまで、六時間ほどかかった。

一度、現実世界へ戻って昼食休憩を挟んでいる。

神殿はみちがえるような輝きを取り戻していた。

（初めて見たときも素敵だったけど、今はもっと輝いているね。神殿さんも喜んでくれているといいな）

澪亜はピアノの前に設置された椅子に座り、ふうと一息ついた。

ステータスを確認してみる。

（さっきから何度もレベルアップしてたんだよね）
ということで、ステータス表示と念じた。

平等院澪亜
○職業：聖女
　レベル35
　体力／１２００
　魔力／３５００
　知力／３５００
　幸運／３５００
　魅力／３５００
○一般スキル
〈楽器演奏〉ピアノ・ヴァイオリン
〈料理〉和食・洋食
〈礼儀〉貴族作法・茶道・華道・習字
〈演技〉役者
○聖女スキル
〈聖魔法〉聖水作成・治癒・結界・保護

〈癒やしの波動〉
〈癒やしの微笑み〉
〈癒やしの眼差し〉
〈鑑定〉
〈完全言語理解〉
〈アイテムボックス〉
〈オーバータイム〉new
〈危機回避〉
〈邪悪探知〉
〈絶対領域〉new

（レベル35……すごいのかわからないけど……、なんだか身体が前よりも軽いかも）

試しにジャンプしてみた。

5㎝ぐらい浮いた。

（ううっ……気のせいだったよ……）

ちょっとヘコむ澪亜。

鞄に入れてあった百円均一の腕時計を見ると、夕方になっていた。

（もうこんな時間……。ピアノを軽く弾いて、今日は帰ろう。おばあさまが心配しちゃう）

礼拝堂にあるピアノの蓋を開け、五曲弾いた。

数分するとヒカリダマが集まってきて、もっともっととせがんでくる。

後ろ髪を引かれる思いであったが、明日弾くと約束をして、異世界を去ることにした。

「帰ろう」

ヒカリダマの浮いている礼拝堂を見上げる。

ステンドグラスには夕日が降り注ぎ、淡い色合いの影が礼拝堂に落ちていた。

異世界にも夕日があるんだなと澪亜はぼんやりと思い、感謝を込めて一礼する。

バケツを手に持とうとして、スキルの検証をしていないことに気づいた。

(そうだ……気になってたスキルを使ってみよう。アイテムボックスって名前なんだけど、箱が出てくるのかな?)

念じると使い方がわかる。

「アイテムボックス――」

澪亜が唱えると、大きな白い玉が現れた。

入れたい物の近くへ玉を移動させればいいらしい。

「こう、かな?」

バケツよ入れ、と念じながら玉を移動させる。

すると、バケツが神隠しにあったように、瞬時にかき消えた。

「まあ。消えちゃった……」

上品に手で口元を隠し、驚く澪亜。

「出すときも念じればいいんだね」

出すのも同じで、パッとバケツが出現した。

（あ……白い玉を出さなくてもいいんだ。最初だから出てきてくれたのかも……）

面白くて何度か試してみる。これは便利だ。

手ぶらで登校、なんてこともできそうだった。

（教科書はアイテムボックスの中にしまっておこうかな。また砂を入れられたらイヤだし……ハァ……）

先日のことを思い出して、胸に暗い感情が吹き荒れる。

だが、亡き父の『どんな苦難でも前向きに考える』という言葉を思い出して、顔を左右に振った。

（素敵な異世界に来れたんだから、私の周りにもきっと幸せが増えるよね。うん）

澪亜は明るい未来を想像して、笑みを浮かべる。

明日はアイテムボックスに勉強道具を入れて持ってこようかなと考えつつ、澪亜は鏡の部屋に戻った。

5.

鏡で異世界と現実を行ったり来たりし始めてから、二週間が経過した。

澪亜の高校一年生の夏休みは、異世界を中心としたルーティンができあがっていた。

まず祖母鞠江と朝食をし、異世界に移動。

ひたすら神殿を掃除&浄化。

お昼前に戻って昼食の準備をし、鞠江とランチを食べる。

その後、ピアノレッスンを受けてから異世界に行き、ヒカリダマのためにピアノを演奏する。

また神殿を掃除&浄化。

夕方頃に家へ戻り、近所の商店街で買い出しをして、夕食。

その後、ジョギング、ヨガ、勉強。時間が余れば習字の練習――

こんな具合である。

どこのお嬢さまだと言いたいところだが、澪亜は家が没落して貧乏なだけで心優しきお嬢さまであった。

そして、この二週間で決定的に変わったことがある。

それは――

「痩せてるよね……?」

そう、異世界に行っているおかげなのか、健康的に痩せ始めたのだ。

軟式ボールみたいに丸かった顔に、ゆるやかなカーブを描くあごができていた。まぶたにのっていたお肉たちはどこかへ逃げ出し、本来の大きな瞳が現れている。

5.

（お肉が減ってる……よね⁈　よね⁈）

自分のお腹をつまむ。厚みが半減していた。間違いない。

今はちょっとふくよかな女子、といった印象だ。

最近、商店街のおじさんやおばさんに、「澪亜ちゃん、痩せたねぇ」「綺麗《きれい》になったねぇ」と言われることが多く、曖昧に返事をして逃げている。言われ慣れていないため、恥ずかしい。

（鏡……見たいけど怖い……）

まだ、自分の身体を確認していない。

鏡を見て、やっぱりそんな痩せてなかった、とがっかりするのが怖かった。

それに、痩せたところで母や祖母のように美人であるはずもないし、と自己否定している。

澪亜はとにかく自分の容姿に自信がなかった。

ともあれ、痩せた事実は嬉《うれ》しい。

（なんで急に痩せたんだろう……。ステータス、見てみようかな）

今日も異世界の礼拝堂に来ている澪亜は、定位置のピアノの椅子に腰をかけ、むうと小首をかしげた。

ステータス表示と念じると、ボードが現れた。

平等院澪亜
○職業：聖女

レベル45
体力／１２００
魔力／４５００
知力／４５００
幸運／４５００（＋２０００）
魅力／６５００

〇一般スキル
〈楽器演奏〉ピアノ・ヴァイオリン
〈料理〉和食・洋食
〈礼儀〉貴族作法・茶道・華道・習字
〈演技〉役者

〇聖女スキル
〈聖魔法〉聖水作成・治癒・結界・保護
〈癒やしの波動〉
〈癒やしの微笑み〉
〈癒やしの眼差し〉
〈鑑定〉
〈完全言語理解〉

〈アイテムボックス〉

〈オーバータイム〉

〈危機回避〉

〈邪悪探知〉

〈絶対領域〉
○加護
〈ララマリア神殿の加護〉


浄化の成果か、レベルが45まで上昇している。

魅力の数値が6500と高い。

また、加護という項目が現れており、〈ララマリア神殿の加護〉が追加されていた。

鑑定をすると『ララマリア神殿の加護――心清らかな聖女のみに与えられる加護。幸運に大幅な補正が入る。あなたの幸せを願う』と書かれていた。

（うーん……ダイエットが成功した要因になっていそうなスキルではないんだよね……）

ダイエット関係のスキルは存在しない。

「アイテムボックスさん――」

澪亜は手慣れた様子でアイテムボックスからメモ帳を取り出して、開いた。

アイテムボックスの便利さは人をダメにするレベルだ。

（本当に便利だよね。でも、あまり頼らないようにしないとな……なくなったときにショックが大きそう）

澪亜はできた女の子であった。

宝くじで十億円が当たっても身持ちを悪くしないタイプである。

細くなった指で、ぺらりとメモ帳をめくる。

スキルの検証もある程度済ませており、鑑定結果をメモしておいた。澪亜は習字の段位持ちである。達筆だ。あとなぜか、敬語で書かれている。

一般スキルについては書かれている通りです。どうやらプロ並みの技術があると、スキルとして表示されるみたいです。役者になった記憶はないのですが、聖女になったときにこの世界特有の補正が入ったのかもしれません。

〈楽器演奏〉ピアノ・ヴァイオリン
〈料理〉和食・洋食
〈礼儀〉貴族作法・茶道・華道・習字
〈演技〉役者

聖女スキルは謎が多いです。

一つずつ詳細を書いておき、後で検証いたしましょう。

○聖女スキル

〈聖魔法〉聖水作成――水を聖水に変化させます。

治癒――怪我や病気を治せるそうです。おばあさまに試してみたいです。

結界――球体の結界を出して瘴気《しょうき》の侵入を防ぎます。

保護――困っている人を保護できるそうです。よくわかりません。

〈癒やしの波動〉――聖女の身体から癒やしオーラが出てるらしいです。

〈癒やしの微笑み〉――微笑むと癒やしのオーラが出るらしいです。

〈癒やしの眼差し〉――優しい瞳で見つめると癒やしのオーラが出るそうです。

癒やし系のスキルは本当によくわかりません。私と話していて癒やされることなどあるのでしょうか？　少なくとも、私自身はそうは思いませんし、他の方に聞くのは恥ずかしくてできません。ですので、検証は保留です。

〈鑑定〉――念じて指定したものを鑑定する。できないものもあります。

〈完全言語理解〉――どの国の言葉でも理解できます。ロシア語やアラビア語で試してみたところ、完全に理解できました。すごいです。英語、フランス語、ドイツ語は喋《しゃべ》れるのですが、それ以外の言葉がすぐに理解できるのはお得ですね。でも、勉強はしっかりとしましょう。テストで文法問題が出題されて答えられないと悲しいです。

〈アイテムボックス〉――便利です。アイテムボックスさんとお呼びしましょう。

〈オーバーテイム〉――動物や魔物をテイムできるみたいです。テイムとはペットにすることでしょうか？　直訳は飼いならす、従える、などです。この世界に魔物がいることを知って怖いです。魔物がGのような生物ばかりだったらどうしようかと危惧しております。

〈危機回避〉――危険を察知して回避するスキルです。今のところ反応はありません。

〈邪悪探知〉――悪いオーラを感じ取るスキルです。これは何となく、肌で感じると言えばいいのでしょうか。瘴気が近くにあると、胸の真ん中あたりがもやもやしてきます。おそらく、その感覚がスキルの効果かと考えております。

〈絶対領域〉――着ている服を保護するらしいです……。風が吹いたりしてスカートがめくれても、中が見えなくなるみたいです。大変助かるのは間違いないですが、一体何のためにあるのでしょうか？

○加護

〈ララマリア神殿の加護〉――幸運に補正が入ります。

澪亜はメモを読み返し、礼拝堂の天井を見上げた。

（うーん……レベルが上がると痩せるのかな？　不思議な世界だよね……）

自分の予想を脳内で反復させる。

礼拝堂の内部は澪亜の頑張りで、本来の姿を取り戻しつつあった。

瘴気は同じ場所から何度も湧き出してくる。

そのため、根気よく聖水をまいていった。

さらに室内を覆っていた蔦を除去し、聖水で全体を浄化している。白亜の神殿にステンドグラスの光が落ちて、美しい景色を作り出していた。

（この世界に来て他に何をしたっけ？　お掃除、ピアノ、浄化……他に変わったこと……あ、ひょっとして……）

澪亜は椅子から立ち上がり、中央にある桃色プチトマトの前に向かった。

今日も葉からはぽたぽたと雫《しずく》が落ちて、瑞々しい実がなっている。

（毎日一個ずつ食べてるけど、まだ鑑定をしてなかったね。もっと鑑定する癖をつけたほうがいいかもしれない）

澪亜がゲーム好きな女子であったら、いたるところで鑑定を使っていたかもしれない。便利なスキルはどんどん使うべきであろう。

早速、桃色プチトマトを鑑定してみる。

念じると、実の横あたりにボードが出現した。

『ララマリアの果実――甘く、時にほろ苦く、青春の味がする。聖女の素質がある者以外が食べるとひどく苦く感じる。溜《た》まっている魔力をほどよく循環させる。一度食べれば効果が永遠に継続する。聖女候補は潜在魔力のせいで太っていることが多く、この実を食べると痩せる。そのことから聖女の実とも呼ばれている』

澪亜は説明文を見て、脳天をハンマーで叩かれたような衝撃を受けた。

(聖女の素質があると……潜在魔力で太ってしまうの？　私が太っていたのってそのせい？　どういうこと？　昔から聖女の素質があったということかな……？)

自分が元から聖女の素質があると知り、空恐ろしい気分になった。

今までやってきたダイエットの効果がなかったことも証明され、腰から力が抜けた。

澪亜は背後にあった礼拝堂の長椅子に力なく座った。

「……そっか……だから何度ダイエットしても効果がなかったんだ……」

やりきれない気持ちがどっと押し寄せてきた。

しばらく礼拝堂のステンドグラスを眺めていると、次第にこの世界に出逢《であ》えたこと、聖女の実を食べた幸運を感じ、「ありがとう」という感謝の気持ちが湧いてきた。

ゆっくり立ち上がり、深呼吸をしてから、水受けの前に立った。

自分の顔が好きではない。

でも、どれくらい痩せたのか気にならないと言えば嘘になる。

もう今までの自分にお別れを言うときが来たのかもしれない。そんな決意をして、澪亜は水受けを覗き込んだ。

(すごく……痩せてる……！)

水受けに映る自分は、以前の太っていた自分とはまったく別人だった。

瞳が大きく、輪郭も女性らしくなっている。

嬉しくて涙が出てきた。

これでデブと言われずに済むし、いじめられることもなくなるかもしれない。祖母と二人で出かけても、きっとみじめな気分にはならないだろう。

ぽろぽろとこぼれる涙をハンカチで拭き、試しに笑ってみる。

雫が落ちてきて波紋を作る。ちょっと見づらいが、笑った自分は亡くなった母に似ているような気がした。

（お母さん……）

澪亜は優しかった母を思い出し、飽きるまでずっと水受けに映る自分を眺めていた。

6.

さらに一週間が経過した。

日課は続けており、ふくよかな体型から、スレンダー体型まで痩せた。

「痩せたね……本当にこれ、自分なのかな？」

二階にある鏡の前に立って、自分を観察する。

亜麻色の髪は母親譲りで癖のないストレート。

鳶色の瞳は大きく、長いまつ毛に縁取られている。ぱちぱちとまばたきをすると星屑《ほしくず》が舞いそうなほど可憐《かれん》だった。

腰はくびれ、脚は細くて長い。

太っていたときからそうだったが、澪亜は胸が大きかった。痩せて縮むかと思ったがそういうわけでもなく、身体が細くなって存在感が増していた。

ともあれ、ジョギング、ヨガなどを継続的に続けてきたおかげか、健康的な理想体型だ。

(聖女の実のおかげだね……あの神殿を建てた方に感謝を……ありがとうございます)

感謝を込めて祈る澪亜。

気づかぬうちに聖女らしさが板についていた。

(それにしても……細くなりすぎてワンピースがだぼだぼだよ)

持っている洋服はすべてオーバーサイズになってしまった。

下着は紐《ひも》で結んだりして、ごまかしている。

今着ているワンピースも鞠江から借りたベルトで腰にしぼりを入れていた。

「本当に……私なのかな……?」

何度見ても、自分が自分だとは思えない。

嘘みたいな美人だ。

どこぞのファッション誌に出ていても違和感がないように思える。

(私がファッション誌に出るとか無理だけどね……恥ずかしいし……。そういえば、田中さんは読者モデルをやってるんだよね。すごいよなぁ……)

いじめっ子の田中純子は人気雑誌の読モだ。

一般高校生の間で、読モは最高ランクのステータスと言える。当然、純子は事あるごとに自慢して回っていた。目立ちたがりな性格の女子である。

いじめっ子をすごいと評価できる澪亜のほうが、すごいような気もするが。

「澪亜～、お勉強してるの～?」

階下からよく通る鞠江の声が響いた。

鏡から目を離し、「いいえ」と返事をする。

タンタンと軽快な足取りで古い階段を下り、居間に入った。

痩せたおかげで身体が軽く、疲れづらくなった。レベルの恩恵も大いにあるだろう。

鞠江が白濁した目を澪亜へ向け、ちゃぶ台の上に封筒を置いた。

「家賃の振り込みに行ってくれる? これから町岡《まちおか》さんのレッスンが入っているのよ」

鞠江はピアノのレッスンを週に三回、個別で開いていた。生活費の足しにするためだ。

「……はい。わかりました」

「気が進まないなら私が行くわよ?」

「いいえ。行きます。駅前におばあさまが行くのは危ないです」

「そんなこともないけどね。でも行ってくれるなら助かるわ」

「はい」

明るく返事をして、封筒を手に取った。振込先は覚えている。

正直、駅前に行くのは気が引けた。

高確率で学校の同級生に会うのだ。純子は取り巻きの女子を引き連れて、駅前のカフェやカラオケにいることが多い。

中学生時代、何度か見つかってお金を取られそうになった。

笑顔を浮かべながらそんなことを考えている澪亜を、鞠江が見つめた。何か察したみたいだ。

「澪亜、あなた痩せたでしょう?」

突然、鞠江が言った。

目が見えないのによくわかるものだ。

「えっと……はい。とあることがあって、痩せることができました」

「そう。よかったわね。あなた、ずっと気にしていたものね」

鞠江が手を伸ばしたので、澪亜はそっと握った。

祖母のしわのある手は温かかった。

「どんな見た目でも、人間は心よ。そのことは忘れないでちょうだい。太っていようが痩せていようが、あなたは私の大切な孫娘なんだからね」

「おばあさま……」

「でもね……澪亜が痩せたのは喜ばしいことだわ。だって、私が着ていたドレスが着られるものね？」

そう言って、鞠江がお茶目な笑みを浮かべた。

澪亜は瞳をうるませながら微笑を返した。

「そうですね。おばあさまの着ていたドレス、いつか着てみたいです」

「あなたさえよければ、いつでもピアノのコンクールに着て出てもいいのよ？」

「いえ。お金がかかるので大丈夫ですよ。それに、プロになれるとも思いませんから」

「まあ、そんなことないのにねぇ」

そう言いつつ、鞠江はなぜか澪亜の腰を触り、続いて胸に両手を置いた。

「あらら、私より大きいわね」

「おばあさま――」

澪亜は恥ずかしがって、胸を両手で隠した。

「ドレス、入るかしらね？」

「もう、知りませんっ。いってきます」

澪亜の恥ずかしがる声を聞いて鞠江がカラカラと笑った。

湿っぽい空気にしないための、鞠江の気づかいであろう。

「いってらっしゃい。ナンパには気をつけるのよ」

「……そんなことされませんよ」

玄関で靴を履きながら、澪亜が答えた。

澪亜は自分に声をかける人などいないと信じているため、やや低めのトーンで答える。

「私が澪亜ぐらいのときは大変だったのよ。ラブレターが靴箱にたくさん入っていたわ」

「それはおばあさまが美人だからです」

「私の孫なんだから、あなたも美人に決まっているでしょう?」

澪亜が落ち込むたびに、鞠江はこのセリフを言っている。もう何度目だろうか。

「その言葉は聞きあきましたよ。では、行って参りますね」

「いってらっしゃ～い」

鞠江が楽しげに澪亜を送り出した。

澪亜は丁寧に一礼して、古ぼけた玄関の戸を閉めた。

○

駅までは徒歩で二十分。

その間、妙に視線を感じた。

(なんだか見られているような気がする……自意識過剰かな?)

背筋を伸ばし、澪亜は歩く。

幼い頃に歩行訓練を受けているため姿勢がいい。

歩き方一つで人の印象は変わる、と母がよく言っていた。

(お金を持ってること、気づかれてる……？　そんなことないかな……いちおう移動させておこう)

まったく見当はずれなことを心配し、肩掛け鞄に入れている家賃を、念のためアイテムボックスへと移動させた。鞄の中で移動させれば誰にも見られることはない。

(これでちょっと安心だね)

ほっとため息をつく澪亜。

澪亜が亜麻色のストレートヘアをなびかせ、長いまつ毛を下げれば、高貴な深窓の令嬢が世界を憂いているように見える。着ているチープなワンピースも高級品に見えるから不思議であった。

通行人は澪亜を見ると、必ずと言っていいほど二度見し、見惚《みと》れていた。

澪亜はそのことにまったくもって気づいていない。

「ちょっとあの人見て！」「ヤバッ。美人すぎ」「芸能人じゃない？」

道路の反対側にいる女子中学生が澪亜を見て、黄色い声を上げる。

あまりよろしくない行為だが、スマホで写真を撮ってグループチャットに送信していた。

痩せた澪亜は思わず写真を撮りたくなるぐらいの引力を有していた。

しかし、澪亜お嬢さまの脳内はすでにきんぴらごぼうでいっぱいだった。

(ごぼうが余っていたから、帰りにニンジンを買おう。七十円以下だったらという条件付きで……)

鞠江の年金とピアノのレッスン代で何とかやっていけている状態だ。お金は大事である。

常日頃、鞠江は「まとまったお金があれば増やせるのにね」とぼやいていた。

その日暮らしでは投資も厳しかろう。

鞠江の目が見えないことも投資のハンデになっていた。

（おばあさまに異世界のこと……相談してみようかな。秘密にしておくのはどうかと思うし……。それから、事情を話して、目に治癒の聖魔法を使ってみるというのはどうだろう……？）

亜麻色の髪のお嬢さまの思考は飛ぶ。

駅へ向かうスーツの男性が澪亜を見つめて口を開け、すれ違った子連れの奥さまが澪亜の姿を見て驚いていた。

お金をアイテムボックスへしまって安心したのか、周囲の視線には一ミリも気づかず、澪亜は駅前の銀行を目指す。ある意味大物かもしれない。

（駅前……誰にも会いませんように……！）

澪亜の住む家の最寄り駅は、在来線が三路線交わる人気の駅だ。

駅前にはビルが三つ建ち並び、多くの人が行き交っている。夏休みということもあって多くの若者がいた。


銀行に到着し、そそくさと中に入る。

冷房が心地いい。

（アイテムボックスさん――）

鞄から取り出すふりをして封筒を取り出し、祖母のキャッシュカードを入れて大家の口座に家賃を振り込んだ。

（これでよし）

今の平等院家にとって決して少なくない金額だ。

支払うときは緊張する。

自動ドアを通り、銀行から出ると、むわっとした熱気が身体にまとわりついた。

（暑いなぁ……でも不思議と汗はかかないんだよね。そういえば、息切れもしてないな）

夏は澪亜にとって天敵だった。

太っているせいか駅まで歩くと汗だくで、息切れもする。

それが今では涼しいものだ。

（異世界に行けて本当によかったなぁ……聖女になれて幸運だよ）

そんなことをしみじみ思っていると、スマホとにらめっこをしながら、困った顔をしている青年を見つけた。

（外国人の方……すごい美形）

自分も美形なのだが、そんなことは欠片《かけら》も思わない澪亜。

青年は二十代半ばに見え、ジーパンに白シャツというシンプルな服装だ。スタイルがいいため、似合っている。金髪を爽やかに分けていた。どこかのモデルさんだろうか。

困っている人を見つけると、どうにも声をかけずにはいられない澪亜は、青年へと近づいた。

7.

澪亜は青年に声をかけた。

とりあえず、話しかける言葉は英語にしておいた。

『こんにちは、何かお困りですか?』

自分でもびっくりするぐらい流暢《りゅうちょう》な英語が口から飛び出した。

前から英語は上手いほうであったが、今はネイティブのそれである。

スキル、完全言語理解のおかげだった。

青年が振り返り、澪亜を見て一瞬固まった。

彼の背が高いため、澪亜を見下ろす格好になっている。ちなみに澪亜の身長は163㎝だ。

青年の反応が薄いため、澪亜は話しかけてはいけなかったかと心配になり、上目遣いに彼を見上げた。

『あのぉ……道に迷ってらっしゃるんでしょうか? ご迷惑でなければお教えいたしますが……』

控えめなトーンで再度尋ねてみる。

青年は数秒間澪亜を見つめ、息を吹き返したように右手を胸に当て、白い歯を見せて笑顔を作った。

『失礼。女神かと思ってね。心臓が止まるところだったよ。声をかけてくれてありがとう。英語は苦手で……フランス語は話せるかな?』

（女神？　何かの比喩表現かな。英語はとてもお上手だけど……）

澪亜は軽く小首をかしげて、青年に笑顔を向けた。

『はい。大丈夫ですよ』

ご要望があったので、フランス語に切り替えた。

こちらも流暢な言葉が滑り出てくる。

『ああ、よかった……』

どこぞの俳優も逃げ出しそうな笑みをこぼし、青年が「Quel soulagement!」とつぶやいている。

フランス人の彼はお困りだったようだ。

銀行に用事のある通行人が、澪亜と青年をまぶしそうに見ながら自動ドアをくぐっていく。

傍から見ると、イケメン金髪外国人と、亜麻色の髪をしたご令嬢が話しているように見えるのだ。撮影だろうかとカメラを探している人もいる。

青年は澪亜を街路樹の木陰へ促し、スマホの画面を見せた。

『有名なお茶屋があると聞いてこの街に来たんだ。この店なんだけど……』

『ああ、ここですね。有名なお店ですよ。でも、予約制なので飛び入りするのは難しいと思います』

『そうか、それは残念だよ……予約制だったなんてね……』

『でも、頼めば庭園は見せてくださるかもしれません。よかったらご案内いたしましょうか？』

（フランスから来て、日本の文化に触れてくれるなんて……嬉しいな）

○

その後、澪亜は彼をお茶屋まで案内し、見学できないか店員にかけ合った。

彼がSNSに店の詳細を投稿してくれるならオーケーと許可をもらい、せっかくならと二人で店内の庭園を回った。

青年はいたく感激したのか、しきりにスマホで写真を撮り、フランス語で「綺麗だ」と何度も言っている。

そんな青年を見て、澪亜は何も言わずにニコニコと微笑んでいた。

ふとスマホから視線を外した青年と目が合う。

澪亜が口を開いた。

『とっても楽しそうですね』

『ああ。有意義な時間だね』

その笑顔につられるようにして、彼も笑みを浮かべる。自然な笑顔だった。

『なんだか……君といると癒やされるよ。木漏れ日の落ちる森にいるみたいだ。誰かに言われない？』

庭園の枯山水《かれさんすい》へ視線を戻し、彼が言った。

『いえ、初めて言われました』

『ハハハ、覚えておくといいよ。君は存在しているだけで人を幸せにするね』

『……そんなことありませんよ』

澪亜は彼の言う言葉がお世辞だと思って、うつむいた。

嬉しい反面、いじめられていた記憶が澪亜の脳裏をかすめ、自己否定へとつながっていく。

それでも、澪亜はこんなことじゃあお父さまに笑われてしまう、と顔を上げた。聖女能力のおかげか、立ち直りは早い。

『あの、ありがとうございます。そんなこと言われたのは初めてなので、嬉しいです』

そう言って、自分の正直な気持ちを伝えた。

こういうところが澪亜らしい純粋さだった。

彼女の心の美しさはもちろんあるが、聖女スキル〈癒やしの波動〉〈癒やしの微笑み〉〈癒やしの眼差し〉がトリプルコンボで発動している。

本来なら気難しい青年の心を簡単に解きほぐしていた。

『君はなんというか……もっと自分に自信を持ったほうがいいよ。君が地面を見つめているのは似合わない』

青年は真剣な眼差しで澪亜を見つめた。

フランス人である彼の碧眼《へきがん》が澪亜をとらえ、澪亜はこくりとうなずいた。彼の気づかいが心にしみた。

『そういえば自己紹介がまだだったね。僕の名前はジョゼフ。君の名前は？』

『私の名前は澪亜です』

『オーララ！　僕の大好きな映画に出てくる姫さまと同じだね。よろしく、レイア』

『はい、よろしくお願いいたします。ジョゼフさま』

『さまはいらない。ジョゼフでいいよ、レイア姫』

ジョゼフがウインクをする。

澪亜は目をぱちくりさせて笑い、『私も姫はいりませんよ』と笑った。

『僕が結婚していなければ君にアプローチしていたのに。残念だよ』

『そういうことは言わないほうがいいですよ？　奥さまが悲しみますから』

澪亜は冗談だと思っているのか、ころころと笑って忠告する。

ジョゼフはいまいち澪亜に自分の伝えたい「君は美しい」という気持ちが響いてないのにがっかりするも、目の前にいる亜麻色の髪のお嬢さまの純粋さに心があたたかくなった。

『そういえば君は学生かい？』

『はい、そうです』

『学校はこの辺？　実は近々日本に住むことになってね。君さえよければ妻を紹介したいんだけど、どうかな？』

『それは嬉しいです。私は藤和白百合女学院に通っていますよ。ファミリーネームは平等院です』

『ビョウドゥイン？』

『ビョウドウインです。ビョウ、ドウ、イン』

『ビョウ、ドウ、イン。なるほど。日本語の発音は難しいな』

『日本語、もし機会があればお教えしましょうか?』

『ああ、ぜひ教えてほしいよ』

澪亜はジョゼフと話しながら、お茶屋を出た。

ジョゼフはスマホをタップして、何枚かの写真をSNSに投稿した。

『本当にありがとうレイア。君に会えてよかったよ』

ジョゼフは満足そうだ。澪亜も日本の文化に触れてもらえて嬉しかった。

(誰かの役に立てるっていいよね……)

そんな小さな幸せを噛み締め、彼を駅まで案内していると、駅前のカラオケ店から田中純子とその取り巻きが出てくるのが見えた。

澪亜は背中に氷を落とされたみたいに全身がひやりとして、足を止めた。

『どうしたんだい?』

ジョゼフが顔を覗《のぞ》き込んでくる。

『い、いえ、あの……なんでもありません。大丈夫です』

どうにか返事をして、歩き出した。

田中純子は流行最先端の服に身を包み、大きな声で笑っていた。気の強そうな顔つきは健在で、ナンパしてきた男がブサイクすぎて笑った——そんな会話で盛り上がっている。

澪亜はなるべく純子のほうを見ないようにしながら歩き、彼女たちとすれ違った。

「うわっ、超イケメン!」「外国人やばぁっ!」「付きあいてぇ~」

彼女たちの前を通り過ぎると、取り巻きの女子たちがそんなことをつぶやいた。

純子だけチラチラとジョゼフを見ながら「あれくらいならモデルにいるし」とうそぶいている。

(気づかれなかった……?)

澪亜は安堵《あんど》のため息を小さく漏らした。

もしジョゼフといるところを見られたら何を言われるかわかったものではない。紹介しろとか、そんな流れになるのが容易に想像できた。

『あの子たち、知り合いかい?』

『はい。クラスメイトなんです』

『ふぅん……あまり君とは合わなそうだね。だから避けてたんだ』

『そ、そうですね』

ジョゼフはそれだけ言って、あとは話を掘り返してこなかった。

他愛《たわい》もない会話をして、ジョゼフと駅の改札まで歩いた。

『また君に会いに来るよ』

そう言って、ジョゼフは澪亜に一枚の名刺を差し出した。

受け取って名刺を見ると、名前の横にデザイナーと書かれていた。

(ファッションデザイナー?)

『またね。レイア姫』

ジョゼフは颯爽《さっそう》と改札を抜けていった。

澪亜は後ろ姿が見えなくなるまで見送ると、名刺をアイテムボックスへしまい、歩き出した。

（ジョゼフさん……いい人だったなぁ。またお話しできると嬉しいな）

澪亜は小さな幸せをくれたジョゼフに笑みを浮かべ、感謝した。

改札前で、聖女スキル〈癒やしの微笑み〉〈癒やしの波動〉が発動する。

澪亜の知らないところで、喧嘩《けんか》をしていたカップルがいい感じの雰囲気になって仲直りし、部下の失敗にイラついていた駅員が一瞬で上機嫌になった。

澪亜のおかげで、駅前周辺にプチ平和が訪れた。

これから電車に乗ろうとしている人々は、澪亜を見て、驚いたような顔をし、その美しさに自然と笑みを浮かべている。

（あっ。もうこんな時間。八百屋さんの特売が終わっちゃうよ）

何も気づいていない澪亜は、急ぎ足で自宅へと足を向ける。

彼女の頭はきんぴらごぼうでいっぱいになった。

8.

ジョゼフと会ってから一週間が過ぎた。

身体は健康的なスレンダー体型で維持されている。これが本来の澪亜の適正体重のようだ。

8.

日課であるピアノ、ヨガ、ジョギングも忘れていない。

(おばあさまにどう説明すればいいのか……ううん……)

異世界の件が言い出しづらくて、ずるずるときてしまっていた。

澪亜はすっかり馴染《なじ》んだ礼拝堂のピアノ席で、ステンドグラスを見上げた。

(夏休みが終わるまでには必ず伝えよう……!)

そう決めて、立ち上がった。

(よし、悩むのはやめてウサちゃんを見に行こうかな)

澪亜はウサギのことを考え、自然と笑顔になった。

彼女の大きな瞳が弧を描くと、見ている者も幸せになれそうだ。

実は三日前に、怪我をしたウサギが神殿に迷い込んできたのだ。

聖魔法〝治癒〟で傷を癒やし、初めて使った聖魔法〝保護〟を使って、今は裏庭で休息している。〝保護〟は傷ついた動物や人間を安心させる魔法であった。聖女らしい魔法だ。

「ウサちゃん、ウサちゃん――」

ニコニコが止まらない澪亜。

女子らしく、もふもふともこもこが大好きであった。

澪亜はみちがえるようにピカピカになった神殿を歩き、裏庭に出た。

レベル50で発現した聖魔法・聖水操作のおかげで浄化作業がかなりはかどったため、神殿は完璧に浄化された。草や蔦《つた》もすべて除去済みだ。

祖母鞠江《まりえ》に買ってもらった安物のワンピースを着て、神殿を嬉しそうに歩く。

すっかりスレンダーになって事務所に所属しているモデルのようだった。

もっとも、本人はまったく意識していないが。

「ウサちゃん、元気ですか」

裏庭に行くと、ウサギが寝ていた。

ウサギは瞳が虹色でやや大きめのサイズだ。澪亜に気づき、警戒したのか身構える。

「大丈夫ですよ。ここは安全ですからね」

優しい笑みを浮かべ、澪亜が両足を揃《そろ》えてしゃがみ込む。

聖女スキル〈癒やしの波動〉〈癒やしの微笑み〉〈癒やしの眼差し〉がトリプルコンボで発動し、ウサギが警戒を解いてごろりと寝転がった。

澪亜はそっと細い指を伸ばして、ウサギのあごを人差し指で触る。

――もふっ
そんな効果音が聞こえてきそうな手触りに、澪亜はうっとり小首をかしげた。

「どうしてこんなに、もふもふさんなのでしょう」

もう、癒やししかない。

どちらかというと、澪亜のほうが〈癒やしの波動〉をバンバンに出しているのだが、澪亜自身は気づいていないし、本人に効果はない。

澪亜は肩にかけていた鞄からニンジンを取り出し、聖水で綺麗に洗ってアイテムボックスから皿を出して、その上に置いた。

「食べますか？」

ウサギは目を輝かせてニンジンをカリカリとかじった。

「まあ、まあ」

うふふ、とお嬢さまらしくお上品に片手で口を押さえ、澪亜は微笑んだ。

ウサギがニンジンを食べている間に、少ないお小遣いで買ってきた野菜の種を植えることにした。昨日、神殿にあったスコップで土を掘り起こしておいたのだ。

澪亜は種袋を丁寧に開けて、育ちますように、と祈りながらニンジン、キャベツ、サニーレタス、トマトの種を土に入れていく。ミニ家庭菜園のできあがりだ。

「聖魔法——聖水作成、操作」

空気中の水分から聖水を作り、スプリンクラーのようにして噴射する。

レベル50を境に、様々なことができるようになっていた。聖水作成もそのうちの一つで、今は水がなくてもその場で作れる。便利だった。

『オーバーテイムが発動しました。ラッキーラビットをテイムしますか？』

「ひゃあ！」

久々の脳内アナウンスに澪亜は跳び上がった。

身体が軽くなったのでかなり跳んでいる。

澪亜はきょろきょろと周囲を見回し、ウサギを見ると、身体が光り輝いていることに気づいた。

「ウサちゃんが輝いています」

『オーバーテイムの効果発動――ラッキーラビットはフォーチュンラビットに進化可能。進化後、テイムいたしますか？』

「あの～、テイムするとウサちゃんはどうなりますか？　あと進化、ですか？」

『テイムいたしますか？』

相変わらず融通のきかないアナウンスだ。

澪亜は慣れているので気持ちを切り替え、「はい、テイムします」と答えた。

『かしこまりました』

すると、ウサギがまばゆく光り輝いた。

光は五秒ほどで収束する。光の中から、先ほどと見た目の変わらないウサギが現れた。

「きゅ？」

ウサギが澪亜を見て首をかしげた。

あまりの可愛さに澪亜は「まあ、まあ」と両手で頬を押さえて、またしゃがみ込んだ。

「ウサちゃん、あなた進化したのですか？　ダーウィンさんも驚きですねぇ」

ゲーム関連の知識がない澪亜はよくわからずにウサギのあごを撫でた。

ウサギが気持ちよさそうに喉を鳴らす。

先ほどよりもずっとウサギと自分がつながっているような気がして、澪亜は幸せな気持ちになった。

「あ、そうだ。鑑定──」
思い出してウサギを鑑定してみる。
横に半透明のボードが現れた。

ウサちゃん
○職業：フォーチュンラビット
　レベル1
体力／１００
魔力／50
知力／50
幸運／７７７７
魅力／７７７
○スキル
〈癒やしの波動〉
○聖女レイアにテイムされたフォーチュンラビット。近くにいる者に幸運を与える伝説の聖獣。
聖女にのみテイム可能。

澪亜は説明文を見て、うんうんとうなずいた。

(癒やしの波動〜。出てる出てる。私はあなたに会えて幸運だよ、ウサちゃん)

ずっとウサちゃんと呼んでいたせいで、名前がウサちゃんになっている。そこはあまり気にならないらしい。

「きゅきゅ」

ニンジンを食べ終えたウサちゃんが澪亜の膝によじ登った。

これには澪亜もたまらず「可愛いですぅ」と声を上げた。

澪亜はウサちゃんを抱き上げてもふもふを堪能し、神殿の外を見た。

「ウサちゃんは向こうから来たのですか？　黄金の膜でできた結界がありましたね？　あちらを通って来たのですか？」

「きゅ」

何となく肯定している気がする。

澪亜は笑みを浮かべた。

「神殿を守るようにして球状に黄金の結界が張られていました。芝生の内側は安全です。外側は邪悪な雰囲気のする森ですよ？　ウサちゃんが怪我をしたのは森の中ですかねぇ？　ここは、この世界のどこなのでしょうか……？」

疑問が浮かんできて、ウサちゃんに質問を投げてみる。

「きゅう？」

ウサちゃんが腕の中で首をかしげる。

澪亜は右手で優しくウサちゃんを撫でて、まだ見ぬ森をじっと見つめた。

「きゅうきゅう」

ウサちゃんが緊張した気持ちを感じ取ったのか、スキル〈癒やしの波動〉を使った。

澪亜は「ほわぁ～、ウサちゃんが可愛いです。あまり考えすぎても仕方がありませんね？」と言って、自分も知らず知らず〈癒やしの波動〉を行使した。

今度はウサちゃんが「きゅう～」と鳴いて、澪亜の胸に顔をうずめた。

しばらく裏庭には澪亜の「ほわぁ～」とウサちゃんの「きゅう～」と鳴く声が響いた。

異世界の神殿は、癒やしのオーラに包まれた。

9.

ウサちゃんをテイムした翌日、神殿の裏庭に来ると、植えた種が成長していた。

「まあ。もう野菜になってる」

ニンジン、キャベツ、サニーレタス、トマトが大きく実って色付いていた。

「きゅう！」

見張りをしていたのか、ウサちゃんが澪亜《れいあ》の足元にぴょんぴょんと跳んできた。

澪亜が両手を広げるとウサちゃんが飛び込んでくる。

9.

「今日もウサちゃんに会えて幸せですよ」

澪亜は美しい顔をウサちゃんの身体に擦りつけた。たまらない肌触りだ。

「きゅう。きゅっきゅう」

「ふんふん、なるほど。ウサちゃんがトマトの周りに棒を立てて育ちやすくしてくれたんですか？」

「きゅう！」

ウサちゃんが耳をぴくぴくと動かした。

伝説の聖獣だけあって野菜の育て方がわかるらしい。

「きゅ〜っ、きゅ？　きゅうきゅ？」

「つまみ食いをしちゃってごめんなさい？　一種類ずつ食べたの？　うふふ……いいんですよ。ここはウサちゃんのお家なんですから、好きなだけ食べてくださいね」

何となくウサちゃんの言っていることがわかるのが楽しくて、澪亜はころころと笑いながらウサちゃんを撫でた。

(私もちょっと食べてみようかな。サニーレタスを一枚……)

サニーレタスの葉を一枚、そっと取り、聖水で洗ってから口に入れた。

(美味しいです！　水分たっぷりの甘みが口の中で弾ける！)

シャクシャクと澪亜は上品にサニーレタスを食べる。

これなら八百屋で買わなくて済むなと節約について考え、残りの半分をウサちゃんにあげた。

ウサちゃんは小さい口を小刻みに動かしてサニーレタスを食べた。可愛い。

（喉が渇いてないかな？）

アイテムボックスから皿を出して地面に置き、聖魔法・聖水作成で聖水を入れる。

喜んだウサちゃんが澪亜の腕から飛び降りて聖水を飲んだ。

澪亜は両足を揃えてしゃがみ、ウサちゃんの白くてやわらかい毛をもふもふして小首をかしげた。

「ウサちゃん。今日はですね、開かなかった神殿の扉の中に入ってみたいと思います」

「きゅう？」

聖水を飲んでいたウサちゃんが顔を上げた。

「昨日、開きましたからね？」

ウサちゃんをテイムした後、ずっと開けられなかった神殿の扉がひとりでに開いていたのだ。

時間も遅かったので今日見に行くことにしていた。

しばらくしてウサちゃんが満足したので、澪亜はウサちゃんを抱いて立ち上がった。

「では行きましょう」

裏庭から神殿へ戻り、鏡の部屋と武器庫の部屋の間にある扉の前に立った。

扉には精緻な魔法陣が描かれていて、『汝《なんじ》、いかなる時も、優しくあれ』と異世界語の刻印がされている。

澪亜はドアノブに手をかけ、ゆっくりと開けた。

（デビルな昆虫は……いないみたい。よかった……）

中にアレがいることもなく、室内は光に満ちていた。

「室内に樹木が生えていますね」

「きゅう」

神殿の室内とは思えない構造になっている。壁に瑞々《みずみず》しい枝が這《は》っており、部屋の中心部には新緑を彷彿《ほうふつ》とさせる木が生えていた。背丈は２ｍほどだ。

澪亜とウサちゃんは室内へ進む。

樹木にはガラスケースが埋め込まれており、そこには美麗な装飾の洋服と杖《つえ》が保管されていた。

「なんて綺麗なのでしょう……」

思わずため息を漏らし、澪亜はガラスケースを指でなぞった。

すると脳内アナウンスが響いた。

『条件を満たしました――聖女の装備を受け取りますか？』

「……！」

びっくりしたが、声は上げずに済んだ。

ウサちゃんが「きゅう？」と首をひねっている。

『神殿を浄化した聖女にのみ許される、聖女の装備品です』

「聖女の装備品……」

めずらしく解説付きのアナウンスに、澪亜はもう一度、ガラスケースを見た。

聖衣、杖、スカート、タイツ、靴が入っている。まるで聖なる白い魔法使いのような洋服に、澪亜の心は躍った。

しばらく考えてから、澪亜は口を開いた。

「私なんかが受け取っていいものなのでしょうか？　とても大切にされている洋服に見えます。勝手に神殿に入ってきた私にはふさわしくないように思えます」

『ララマリアの歴史で、この聖女の装備にふさわしい人間が現れたことはありません。あなた以外に適性のある者はいません。受け取りますか？』

「私が初めてなのですか？」

『――受け取りますか？』

アナウンスがいつもの調子に戻ってしまった。

澪亜は腕に抱いているウサちゃんを見下ろす。

「きゅう」

ウサちゃんは肯定している。

澪亜は大きく息を吐いて覚悟を決め、うなずいた。

「はい。受け取ります」

『かしこまりました』

アナウンスが響くとヒカリダマが現れて、ガラスケースの聖女装備がまばゆく輝いた。

ヒカリダマが離れると、驚くことに服がガラスケースから消えており、光が澪亜の身体に飛び込んできた。ウサちゃんが驚いて澪亜の身体から飛び降りた。

「――――！」

驚いたのもつかの間、澪亜の全身が光に包まれていき、数秒して輝きが収束した。

気づけば、澪亜の全身が聖女装備になっていた。

「まあ！　魔法みたいです！」

澪亜がちょっと見当違いなことを言いながら、両手や足を見下ろして自分の姿を確認する。

急いで鏡の部屋に行き、自分の姿を眺めた。

「とても綺麗な服ですね……素敵です」

澪亜は聖女装備を着た自分を見て、鑑定をかけた。

平等院澪亜
○職業：聖女
レベル55
体力／１２００（＋３００）
魔力／５５００（＋３２００）
知力／５５００（＋３２００）
幸運／５５００（＋５２００）
魅力／６５００（＋８９００）
○一般スキル
〈楽器演奏〉ピアノ・ヴァイオリン

〈料理〉和食・洋食
〈礼儀〉貴族作法・茶道・華道・習字
〈演技〉役者
○聖女スキル
〈聖魔法〉聖水作成・聖水操作・治癒・結界・保護
〈癒やしの波動〉
〈癒やしの微笑み〉
〈癒やしの眼差し〉
〈鑑定〉
〈完全言語理解〉
〈アイテムボックス〉
〈オーバータイム〉
〈危機回避〉
〈邪悪探知〉
〈絶対領域〉
○加護
〈ララマリア神殿の加護〉
○装備品

聖女の聖衣
ライヒニックの聖杖《せいじょう》
ライヒニックのスカート
ライヒニックの白タイツ
ライヒニックの空靴

澪亜は鑑定結果を見て、数値が上がっていることに驚いた。

（何かを装備すると数値が上がるんだ……なるほど。ライヒニックって名前で統一されているんだね。高名な方なのかしら……。あ……結構大胆な服だな…………これ、かなり恥ずかしいかも……）

澪亜は半身になって背中を見た。

聖女の聖衣は背中がばっくり開いていた。

（スカートのリボンが可愛い）

腰のあたりには凝ったリボンの装飾があり、金の刺繍《ししゅう》とレースがふんだんに使われている。スカート、タイツ、靴は着け心地が良かった。

杖はファンタジーっぽく宝石がついている。

澪亜は何となくポーズを取ってみた。

中々、様になっている。

（ちょっと恥ずかしいけど、このまま過ごそうかな……。でも、着替えるのが大変そう。現実世界の服にすぐ着替えられればいいけど――）

澪亜がそこまで考えると、ぴかりと聖女装備が光って、服装が元のワンピースへと変わった。杖も手元から消えている。

「あら？　聖女の装備さん、どこにいったの？」

あわてて言うと、ぴかりと身体が光って聖女装備が戻ってくる。

「えっ――すごいわ！　魔法道具なのかな？」

舞台俳優も驚きの早着替えだ。

澪亜についてきたウサちゃんが背後で「きゅうきゅう」と鳴いている。

「だよね？　すごく便利だよね？」

澪亜はウサちゃんに話しかけて笑みを浮かべ、何度か早着替えを試してみた。光って数秒で聖女装備に変更される。これなら現実世界へ帰るときも楽ちんだ。

さすがに現実世界で聖女装備は恥ずかしいので、異世界は聖女装備。現実世界は私服。そんな形で過ごそうと思った。

「あ、お礼を言わないと」

澪亜は樹木の部屋に戻って、聖女装備の貸し出しに感謝した。

不思議な部屋で聖女服に身を包んだ澪亜が祈りを捧げる。

どこからどう見ても、聖女が祈りを捧げているように見えた。ウサちゃんも静かにしている。

（この世界に来れて……本当によかったです。ありがとうございます……この幸運に感謝申し上げます……。私もララマリアの世界に貢献したいと存じます……)

真剣に祈りを捧げて、澪亜は顔を上げた。

すると、アナウンスが頭の中に流れた。

『浄化魔法を習得しました――ステータス欄で確認ができます』

(浄化魔法?)

澪亜はちょっと驚くも、すぐに落ち着いた様子で、ステータスを出現させる。

半透明のボードが現れた。

平等院澪亜

○職業：聖女

　レベル55

体力／1200(+300)

魔力／5500(+3200)

知力／5500(+3200)

幸運／5500(+5200)

魅力／6500(+8900)

○一般スキル

〈楽器演奏〉ピアノ・ヴァイオリン

9.

〈料理〉和食・洋食
〈礼儀〉貴族作法・茶道・華道・習字
〈演技〉役者
○聖女スキル
〈聖魔法〉聖水作成・聖水操作・治癒・結界・保護・浄化new
〈癒やしの波動〉
〈癒やしの微笑み〉
〈癒やしの眼差し〉
〈鑑定〉
〈完全言語理解〉
〈アイテムボックス〉
〈オーバータイム〉
〈危機回避〉
〈邪悪探知〉
〈絶対領域〉
○加護
〈ララマリア神殿の加護〉
○装備品

聖女の聖衣
ライヒニックの聖杖
ライヒニックのスカート
ライヒニックの白タイツ
ライヒニックの空靴

浄化魔法——聖女専用の魔法だ。

澪亜は鑑定を使って浄化魔法の詳細を見てみる。

『聖魔法・浄化——聖女のみに許された聖魔法。精霊の力を増幅させて指定した範囲を浄化する。瘴気に特効あり。習熟度で効果が変わる。要練習』

要練習の文字を見て、澪亜は無性にワクワクしてきた。

（神殿の周りにある森を浄化するのはどうかな……うん……とてもいいことのような気がしてきたよ。そうと決まったら練習あるのみ……かな！）

澪亜は勤勉な女子である。

練習とか訓練とか、そういう言葉を聞くと、自分が理想に近づくような気がして嬉しくなる。ウサちゃんが「きゅう」と鼻息を荒くした。どうやらウサちゃんも浄化の練習に付き合ってくれるらしい。

（また一つ、この世界に私のいる意味を見つけた気がする……！）

澪亜はステータスボードを眺めながら、ウサちゃんに笑みを投げた。

10.

それから澪亜は時間の許す限り、浄化魔法を練習した。

どうやら浄化魔法はヒカリダマが手伝ってくれる魔法のようだ。唱えるとヒカリダマが出現して、花火のように弾ける。

ただ、どれだけ魔力を込めてもあまり効果範囲が大きくならなかった。

せいぜいが、畳一畳分を浄化できる程度だ。

これでは森の浄化など夢のまた夢だ。

（なんか違和感があるよね。もっと違う方法がいいのかもしれない）

色々と試したところ、浄化魔法はヒカリダマの丸型の状態から、別の形状へ変化できることに気づいた。

さらに一時間ほど裏庭で練習する。

澪亜は休憩を取ることにして、聖水をウサちゃんと飲んだ。

「うーん、剣の形、槍《やり》の形……ファンタジー映画みたいにやってみたけどなんか違うんだよね……ウサちゃん、どう思いますか？」

「きゅっきゅう……」

ウサちゃんが前歯を出してウサ耳を曲げた。悩んでいるらしい。

そして「きゅう」と鳴いて前足を上げた。

「まあ。ニンジンの形は試したでしょう?」

「きゅっきゅう」

そうだったね、とウサちゃんがウサ耳をぴこぴこ動かした。

会話が成立しているのはスキル完全言語理解のおかげだろうか。

「ああ……そういえばヒカリダマさんはピアノが好きだよね……よし、試してみよう」

澪亜は座っていた芝生から立ち上がり、敷いていたハンカチを丁寧に払うと、両手を前へ突き出した。

想像するのは音符のマークだ。

ピアノが好きな自分には合っている気がした。

「聖魔法——浄化!」

澪亜が唱えると、金色の音符が両手からバラバラと飛び出した。

ハープのような調べを奏でながら、浄化の音符が次々と空中で躍る。

「素敵だわ」

澪亜は躍っている音符を見て満面の笑みを浮かべ、行ってください、と森の方向へと飛ばした。

軽自動車ほどのかたまりになった浄化音符が森の方向へと飛んでいき、結界を飛び出してパキンと弾け飛んだ。ピアノの和音が響き、その周辺が一気に浄化された。

「やったわ！　成功！」

嬉《うれ》しくなってぴょんと跳び上がる澪亜。

ウサちゃんも跳ぶ。

スカートがひるがえった。

「よし、この方向性で練習していこう。もっと練習したいけど、もう時間がないね……。それじゃあウサちゃん、寂しいけど……私、そろそろ現実世界に帰らないと……」

「きゅう……」

ウサちゃんがウサ耳をしおれさせた。

澪亜はウサちゃんを抱いてもふもふと撫でて、練習を切り上げることにした。

いつか現実世界にウサちゃんを連れていければと思う。

○

次の日——

夏休みも残りわずかとなってきた。

澪亜はまだ鞠江に異世界の存在を言えないでいる。聖魔法〝治癒〟を試すのはためらわれた。

直感で両目は治るだろうと思うも、まだ人間には使ったことがないため、自信がない。

（まだ時間はあるし、決心したらおばあさまに伝えよう……）

一時保留にして、異世界へと澪亜は向かった。

もう鏡で自分の姿を見ることに忌避感はない。

ある程度の自尊心は取り戻しつつある。

もっとも、自分の容姿に明確な自信があるかと聞かれたら、澪亜は「まったくありません」と答えるだろう。いきなり痩せたため、心と容姿がうまくマッチングしていないような感覚だ。鏡を見ても、本当に自分なのかな、と疑問に思ってしまう。

「アイテムボックスさん」

澪亜は手慣れた動作でアイテムボックスから靴を出した。

「あ、そっか。聖女装備にすぐ着替えちゃえばいいのか」

聖女装備に変更すればいいことに気づき、澪亜は脳裏に聖衣を着た自分を思い浮かべる。

ぴかりと全身が光に覆われ、聖女装備への自動早着替えが行われた。

何度やっても癖になりそうな感覚だ。面白い。

（昔見た『ピュアミクちゃん』みたいだよね。ちょっと思い出すなぁ……）

母親が唯一許してくれたアニメが『ピュアミクちゃん』という番組だった。お金持ちのお嬢さまは見る番組一つにしても厳選されるらしい。確かに思い返せば、博愛の心を育むいいアニメであったなと澪亜はしみじみ思った。

（聖女装備に着替えたし、裏庭に行こう！）

裏庭に行ってウサちゃんと合流し、今日も浄化魔法の練習だ。

朝から昼にかけて練習し、お昼ご飯を祖母鞠江と食べ、また異世界に戻ってきて練習をする。

しばらくすると、不意にウサちゃんが「きゅいきゅい！」と鳴いた。

「どうしたのですか？　あ――」

澪亜の胸に不快感が広がっていく。

瘴気《しょうき》が発生しているみたいだ。

不快感を感じる森の方向を見ると、人間が大きな動物から逃げている姿が見えた。

距離にして50ｍ先だ。

追われている人数は二名で、命からがら結界内に滑り込んだ。

「大変だわ！」

澪亜は二人の身体が鮮血に染まっているのが見え、駆け出した。ウサちゃんもついてくる。

大きな動物は黄金の結界を嫌がったのか、遠ざかっていった。

「大丈夫ですか⁉　お怪我は⁉」

そう言いながら駆けつけ、倒れた二人を見下ろした。

「なんてひどい……急いで治癒を――」

一人は男性、もう一人は女性だ。

男性のほうは筋骨隆々な剣士らしき人物で、仰向けに倒れており、胸に大きな裂傷がある。

女性は細身で耳が長く、ファンタジーに出てくるエルフのような美しい人物だ。軽装に弓を持っている。彼女は顔を蒼白《そうはく》にしてガチガチと歯を鳴らして震えていた。

「きゅう！」

ウサちゃんが頑張れと言ってくれた。

澪亜はうなずき、両手をかざして初めて人間へ治癒魔法を使った。

11.

澪亜が治癒魔法を使うと、二人の身体が青白い光に包まれた。

自分の身体から魔力が抜け落ちていく感覚を感じる。

二人が完治して健康状態になるイメージをしながら、集中して魔法を使い続けた。

一分ほどで男性剣士の裂傷が消え、女性エルフの顔色が良くなった。

「ふう……ウサちゃん以外に使うのは初めてでしたけど……どうにかうまくできました」

「きゅっきゅう」

ウサちゃんがねぎらうように、もふっと前足で澪亜の足を叩《たた》いた。

「ありがとうウサちゃん。人助けができてよかった……」

澪亜は胸をなでおろし、しゃがんで二人の顔を覗き込んだ。

呼吸は安定している。今は眠っているみたいだ。長旅をしてきたのか、衣類に汚れが目立つ。

アイテムボックスからハンカチを出し、聖水で濡らして、目につく範囲を拭いていった。

「……」

「……」

二人が目を覚ます気配はない。

芝生の上でずっと寝かせておくのもアレだと思い、澪亜は神殿へ運ぶことにした。

「でも、私一人で持ち上げられそうもないですね」

「きゅう。きゅっきゅう」

ウサちゃんがウサ耳をぴこぴこさせて、浄化魔法を使ったらどう？　と、促してくる。

澪亜は小首をかしげるも、なるほど、浄化の音符を出して運んでもらえばいいのかと思いついた。できなくてもいいので、チャレンジしようと両手をかざした。

（やってみよう！）

「聖魔法――浄化音符！」

浄化音符と名付けてからは発動がずいぶん楽になったため、こうやって唱えるようにしている。

澪亜の両手からバラバラと黄金の音符が飛び出してきて、イメージした担架の形になっていく。

「いいですよ、その調子です、音符さん」

両手をかざしながら澪亜が微笑んだ。

二つの担架が完成すると、美しい和音がシャラーンと鳴り響いた。お茶目な浄化魔法である。

「ふふっ……素敵ですね」

澪亜が指揮者のように指を動かすと、スルスルと黄金の担架が男性剣士と女性エルフの背中に滑り込んでいき、ふわりと浮き上がった。

「よかった、できましたね！」

「きゅう！」

澪亜は跳び上がったウサちゃんのウサ耳とハイタッチをし、浄化音符を操って神殿まで二人を運んでいった。

○

二人を神殿に運び、鎧や上着を脱がせて、武器庫の隣にあった部屋のベッドに寝かせた。

男性の服を脱がすのはちょっと気後れしたが、相手のことを思うとすぐに気にならなくなった。

澪亜は二人の身体を丁寧に拭いて、一度浄化魔法で浄化した。これで邪悪なものが付着していても安心だ。

男性剣士は凛々《りり》しい顔立ちをやわらげて安心したように眠り、女性エルフは惚れ惚《ほぼ》れする美しい寝顔で眠っている。

澪亜は二人の衣類を両手に持って、にこりと微笑んだ。

ちょうどベッドが二つあってよかったと思う。

「目を覚ますまで待ちましょう。異世界の人……エルフさんもいるから、胸がドキドキしますね？」

「きゅう?」

「あら、ウサちゃんはエルフさんと会ったことがあるのですか?」

「きゅきゅきゅう」

「ふんふん、そんなにめずらしい存在ではないんですね」

澪亜はウサちゃんと会話をしながら礼拝堂に戻り、バケツに聖水を作って衣類や鎧、剣、エルフの持っていた弓などを丁寧に洗った。

みるみるうちに汚れが落ちていくのが楽しい。

澪亜は聖水を使った掃除と洗濯にハマっていた。

現実世界の家でも節水のために聖水で洗濯している。洗剤、柔軟剤いらずでシャツなどがまったくしわにならないという優れものだ。洗濯チートである。

じゃぶりとエルフの洋服をバケツから取り出した。

見事な刺繡がされている緑色を基調とした上着だ。

「綺麗で見たことのない刺繡模様ですね。伝統工芸品でしょうか?」

元ご令嬢の澪亜も唸《うな》る一品である。

「ハンガーはアイテムボックスに入ってないんだよね……あ、浄化音符さんにまた頼んでみようかな?」

澪亜は手をかざして浄化音符を呼び出すと、ハンガーになってほしいとお願いした。

音符たちは楽しげに和音を響かせながらエルフの上着に入り込んでいき、ハンガーの形になって、宙に浮かんだ。

「便利な魔法ですねぇ。そのまま窓の外の光と風が当たるところに……そうそう、そこがいいですね」

ウサちゃんがウサ耳で音符に指示を出している。

澪亜は楽しそうにそれを見ながら魔法を操作する。

洗濯物を下げた音符ハンガーが窓から出て、宙に浮いた。陽の光に当たって黄金音符がキラキラと輝いている。

澪亜はその調子で二人の服をすべて干した。

弓と剣も念のため日に当てておいた。

「弓と剣はかなり傷んでいるみたいですね。素人目に見てもあまり持ちそうにないです」

風で揺れている異世界の洗濯物を見ながら、澪亜は腕を組んだ。

しばらく考え、そういえばと思い出した。

「起きてお腹が空いていたら大変です。ウサちゃん、一時間ほど現実世界に戻りますね。二人を見ていてくれますか？」

「きゅっきゅぅ！」

了解とウサちゃんが前足をもふりと上げた。

「いってきます」

澪亜は現実世界の服に自動早着替えし、鏡をくぐって家に戻った。

昼食を作るついでに多めに米を炊いて、おにぎりを作っておく。

祖母鞠江と昼ご飯を食べてから、おにぎりがのった皿を持って、異世界に戻った。

戻ったらすぐに聖女装備へと変更する。

背中が開いている大胆なデザインだが、妙に着心地がいい。寝るときも着ていたい。やみつきになりそうだった。

「一時間以上経っちゃったね。お二人は大丈夫かしら」

着替えと同時に自動で出てきたライヒニックの聖杖はアイテムボックスへしまい、鏡の部屋から礼拝堂へと出る。

ステンドグラスから日がこぼれる礼拝堂に、男性剣士と女性エルフがたたずんでいた。

「まあ。起きてらっしゃる」

澪亜はつぶやいた。

二人はあっけに取られているのか声に気づかず、礼拝堂を眺め、外に浮いている洗濯物とウサちゃんを見ている。

「あれって俺たちの服だよな?」

「ええ、そうみたいね……キラキラ光る魔法で浮いているわ……」

「あとさ、このラビット……鑑定したらフォーチュンラビットだった……」

「伝説の聖獣じゃないの……」

「魔の森に神殿があるなんて……」

「占いおばばの予言は本当だったのね……」

見ている光景が信じられないのか、目を点にしながらお互いに言い合っている。

（元気になってよかった……）

澪亜は二人が無事であったことに安堵し、痛みなど後遺症がないか気になった。

「お二人とも、お加減は大丈夫でしょうか？」

心配になってきて、皿のおにぎりが倒れないようにしつつ足早で礼拝堂の中心に向かう。

男性剣士と女性エルフは澪亜の声に驚いて、振り返った。

「まあ、まあ、傷口は塞がっていますね？　お顔のお色も大丈夫そうですね？」

近づいて、剣士、エルフの順番で身体をしげしげと検分する澪亜。

二人は澪亜を見て、驚きのあまり魂が抜けたみたいに無反応になった。目だけは澪亜の亜麻色の髪と鳶色の瞳を追って動いている。

「よかったです……。お二人とも気を失っていたんですよ……？」

澪亜が心配そうに微笑むと、〈癒やしの微笑み〉が発動して二人が一気に覚醒した。

「聖女さまが――」

「実在したわ！」

突然、大声を張り上げる剣士とエルフ。

「はうっ！」

澪亜はびっくりして持っていた皿を取り落としそうになった。

12.

落としそうになった皿をわたわたと両手で動かし、澪亜は皿を平行に保つことに成功した。ラップがかかっているのだが、思い切り傾けたらどうなるかわからない。

「ふう。危なかったです」

澪亜はほっとため息をついて無事なおにぎりを見下ろした。

ウサちゃんも「きゅきゅう」と安堵している。可愛い。

剣士とエルフの二人は驚かせてしまったことに気づき、すぐさま膝をついて頭を垂れた。

「た、大変失礼をいたしました！　聖女さまが実在していたことに驚き、つい声を上げてしまいました……！」

男性剣士が謝罪する。

赤髪を短く切っているスポーツマンのような青年だ。太い腕にはいくつもの古傷があった。今はシャツに綿のズボン姿であった。

「申し訳ございません聖女さま。お助けいただき、なんとお礼を言ってよいのか……光栄の極みでございます」

女性エルフが涼やかな声で言った。

どうにか平静を保とうとしているが、澪亜の神々しさに緊張しているのか長い耳が震えている。

彼女にはベッドの設置された部屋にあった、シャツとスカートを穿《は》いてもらっている。彼女が眠っている間にお着替えをした次第だ。

澪亜はひざまずいた二人に面食らい、すぐに自分も両膝をついた。

「そんなかしこまらないでください。私はただの学生です。お顔をお上げになってくださいませ」

ご令嬢らしい上品な言葉づかいに、二人はかえって恐縮してしまう。

澪亜が困っていると、ウサちゃんが胸に飛び込んできたので、皿を片手に持ち替えてキャッチした。

「ウサちゃん？」

ウサちゃんがスキル〈癒やしの波動〉を使う。

澪亜はじんわりと心があたたかくなって緊張がほぐれ、笑みをこぼした。

「うふふ、ありがとう」

澪亜からも〈癒やしの波動〉が出る。

「どうか立ち上がってください。あちらでお話しいたしましょう？」

どうやらスキルが効いたらしく、剣士とエルフも笑みを浮かべた。

「はい」

「かしこまりました」

澪亜は礼拝堂にある長椅子へ二人を誘導し、自分はピアノの椅子を持ってきて腰を下ろした。

太もも上に皿を置き、ウサちゃんを両手で抱いた。

（異世界の人……剣士さん！　エルフさん！　ファンタジー！）

映画好きの澪亜は俄然《がぜん》テンションが上がってきた。

澪亜がじっと見つめていると、二人はどうにも恥ずかしくなってきたのか、そわそわし始めた。

彼らは押しも押されもせぬ有名冒険者なのだが、聖女の瞳には勝てないらしい。澪亜の鳶色《とびいろ》の瞳が瞬くたびに、吸い込まれそうになっている。

「あ、あの、聖女さま？　どうかされましたか？」

たまらずエルフが聞くと、澪亜がパッと背筋を伸ばした。

（いけない……私、失礼にもじろじろ見てしまった……）

「申し訳ございません。こちらで人に会うのが初めてなので、見つめてしまいました」

「そうなのですか……？」

「はい。えっと、お二人はなぜここに来られたのでしょうか？」

聞きたかったことを質問してみる。

すると、今度は剣士が口を開いた。

「まずは自己紹介をさせてください。俺はSランク冒険者のゼファーです。このたびは助けていただき本当にありがとうございました！」

ゼファーが立ち上がり、頭を下げた。

ハキハキとしたしゃべり方に澪亜はにっこりと笑みを浮かべる。昔の家で雇っていた庭師の青年もこんな話し方で、頼もしい感じがしたものだ。

Sランク冒険者ゼファーは澪亜が微笑んでいるのを見て、ちょっと顔を赤くした。澪亜の大きな瞳が弧を描いている。美人には耐性があると自負していたが、聖女の魅力には抗えそうもなかった。

次に女性エルフが自己紹介をした。

「あらためまして、お助けいただきありがとうございました。同じく私もSランク冒険者です。名前はフォルテと申します」

椅子から立ち上がり、優雅に一礼するフォルテ。

金髪と長い耳が特徴的な女性だ。絵画から飛び出してきたような美しい顔つきをしている。

そんなフォルテも頬が少し赤い。

澪亜の魅力はとどまるところを知らないらしい。レベル55、魅力値6500（＋8900）は伊達《だて》ではないようだ。

澪亜も皿とウサちゃんを持って立ち上がり、律儀に礼を返して二人を見つめた。

「ご丁寧にありがとうございます。私は澪亜と申します。この神殿でピアノを弾いていましたら聖女という職業を授かりまして、僭越《せんえつ》ながら神殿の浄化や掃除をしております。こちらはフォーチュンラビットのウサちゃんです」

「きゅっ」

澪亜が紹介すると、ウサちゃんが前足を上げた。

スキル〈癒やしの波動〉が発動して三人の顔つきがほっこりとゆるむ。

澪亜が促して全員が椅子に座ると、剣士ゼファーが澪亜を見つめた。

「聖女レイアさま、俺たちは予言を信じて魔の森を越えてきました。占いおばばの予言だと、魔の森の奥地にララマリア神殿があり、そこに聖女さまがいると……。まさか伝説の聖女さまが本当にいらっしゃるとは思いもせず……」

そこまで言って、彼は感極まったのか瞳をうるませて口の端を引き結んだ。

ここに来るまでに様々な苦難があったようであった。

隣にいるフォルテがうなずいて、きりりと表情を引き締めた。

「聖女さま、世界はこのままでは闇に覆われ、悪しき瘴気《しょうき》に飲み込まれてしまいます。どうかお願いです。私たちにお力をお貸しいただけないでしょうか？　少しで結構です。聖女さまの浄化のお力を私たちに……お願いいたします……」

「……わかりました。私のできる範囲であればいくらでもお手伝いいたします。詳しいお話をお教えくださいませ」

澪亜は困っている人を見ると放っておけないタイプだ。

快く承諾した。

（できる限り……手伝おう。私に生きる意味をくれた世界だもの。神殿に出逢《であ》えて、ウサちゃんとも会えた……感謝してもし足りないよ……）

澪亜は目を閉じて、祈りを捧げる。

自分の人生は闇に包まれていた。自尊心を奪われ続け、祖母とピアノの二つのおかげでどうにか沈没せずに浮いていた難破船に過ぎない。

それが、異世界へ来れたおかげで、こんなにも幸せな気持ちになれた。

聖女という職業を偶然にも手に入れ、魔法まで使えるようになった。太っていた身体も今ではスレンダー体型だ。毎日が晴れやかで楽しい。

何か新しいことが起こる。小さな幸せを見つけられる。

そんな人生になりつつあることを、澪亜は感じていた。

今の自分なら学校にも胸を張って行けそうだった。


「……」

しばらく祈ってから目を開けると、ゼファーとフォルテも両手を組んで祈っていた。

澪亜は微笑むと、ウサちゃんを抱いたままおにぎりの皿を持ち、二人に近づいた。

「目をお開けください。お話はお聞きいたしますよ。それより……お腹は減っていませんか？」

ゼファーとフォルテが目を開けて、どちらからともなく目を合わせた。

「あ……お恥ずかしながら……」

「減っています……」

二人は頭を下げた。

「おにぎりを握ってきました。お米を食べたことはありますか？」

ゼファーとフォルテは白い三角のおにぎりを見て、首を横に振った。

「ではこちらを食べてくださいませ。それから──アイテムボックスさん──聖水作成」

澪亜はアイテムボックスから神殿にあったコップを取り出して、聖水作成を唱えて聖水をなみなみとコップへ注いだ。

「……聖水、ですか？」

「こ、こんな高価なもの……いただけません！」

ゼファーが驚き、フォルテが悲鳴に近い固辞をする。

「聖水は高価なのですか？」

「ええ、それはもう！　世界中を探しても一瓶残っているかどうかわからないです」

「私は出し放題ですよ。お二人のお洋服も聖水で洗ってありますからね」

ニコニコと楽しげに笑う澪亜。

聖女とはこうも優しいのかとゼファーとフォルテは感動し、澪亜の〈癒やしの波動〉〈癒やしの微笑み〉〈癒やしの眼差し〉のトリプルコンボが発動したせいもあって、顔がふにゃりとだらしなくなった。

さすがにこうなると断れなくなり、二人はコップを手にとって聖水を飲んだ。

「――ッ！」

「――これは！」

口に含んだ瞬間、生命力の輝きのような熱さが全身を駆け巡る。

二人は砂漠の遭難者のように、コップへかぶりついて聖水を一気飲みした。

「美味い――美味い！」

「美味しいわ！　なんて甘美な味なのかしら！」

「あああっ！　俺、スキルが解放されたぞ！」

「わ、私もよ！」

二人はコップを置いて、自分の身体をあらためた。

澪亜は「まあ」と両目を開いて微笑み、コップへまた聖水を注いだ。

「聖水を飲むとそんな効果があるのですね？　私のときはありませんでしたけど……どんなスキルでしょうか？」

「俺は〈絶対両断〉です」

「私は〈絶対貫通〉ですよ」

「なるほど、剣と弓にふさわしいスキルですね。なんだか強そうです」

「あまり乱発はできないみたいですが……これは剣士最高峰のスキルですよ！」

「弓使いにとって最高のスキルです！　ありがとうございます、聖女さま」

二人の喜びようといったら念願のプレゼントをもらった子どものようであり、澪亜は微笑ましく思ってしまい、スキル〈癒やしの微笑み〉が止まらなかった。

二人が落ち着くのを待ってから、おにぎりをすすめた。

これも二人は「美味しい！」と大はしゃぎで、感謝しながらもぺろりと食べてしまった。

澪亜は足りない様子を見て家庭菜園から野菜を持ってきて盛り付けし、自分とウサちゃんも参加し、ぽりぽり、サクサクと四人で野菜を食べた。

それから、二人から異世界についての説明を受けることになった。

主に説明上手のフォルテが話をしてくれた。

（へえ……異世界には冒険者ギルドという施設がある。派遣会社を国が経営している形かな？　お二人は超腕利きの冒険者で、王国の指名を受けてララマリア神殿と聖女を探しに来たと……そういうことなんだ）

澪亜は聞きながら、ノートにメモをしていく。

二人はノートとペンに驚くも、話を続けてくれた。

聖女は世界に一人もいない伝説の職業——

ララマリア神殿も伝承にだけ残っている神殿——

魔の森とは、広大な面積で世界を分断している森——

（この神殿は魔の森のほぼ中心部にあるんだね……。それなら、皆さんにここを拠点にしてもらって、他の国々に行けるようにできたら便利になりそうだけど……）

澪亜はざっくりと世界地図をノートに描く。

世界には人間、エルフ、ドワーフ、獣人、ピクシーの住む五つの国があるらしいが、魔の森のせいで船でしか交易ができない。戦争など起きようはずもなく、協力して魔物の脅威から身を守っているのが現状らしい。物資の移動がはかどれば、魔物を間引くことができるとのことだ。

「聖女レイアさま……俺たちとパーティーを組んでくれませんか？」

「どうか、お願いします。一緒に行動をしてください……！」

話し終えたゼファーとフォルテが頭を下げた。

（困りました……学校があるのでお二人についていくわけにもいかないし……）

澪亜は悩み、むうと小首をかしげた。

ウサちゃんも澪亜の腕の中で、きゅうと首をひねった。

13.

澪亜は悩みながらも、自分が登校を前提にし、前向きに考えていることに気づいた。

（あれ、私……あれだけ学校に行くのがいやだったのに……登校しようって思ってる？）

何度かまばたきをして考える。

（田中さんに会うのはいやだけど……でも、登校拒否になったらおばあさまが悲しむし……それに今だったら、勇気を持って行動できるかも……）

ちょっとだけついた自信と勇気を胸に、澪亜は大きく息を吐いた。

一方、ゼファーとフォルテは、自分たちと行動をしてほしいというお願いは間違いだったのか？と、心配そうに澪亜を見つめていた。

二人の視線に気づいて澪亜はハッと顔を上げた。

「申し訳ありません。考えごとをしておりました」

「いえ、いえ、全然平気ですよ。聖女さまを眺めているだけで幸せなので、むしろご褒美です」

ゼファーが短髪を指でぽりぽりとかいて、顔を赤くした。

澪亜は美麗な聖女装備に身を包み、体型はスレンダー。顔つきは母と祖母譲りの超美人だ。そこから彼女特有の優しさがあふれ出ていて、見ているだけで幸せになれると言う彼の言葉はあながち間違いではなかった。

ちらちらと大きな胸元に目が行ってしまうのは、男の性《さが》であろうか。だがゼファーは澪亜を女性として見るというよりは、雲の上の神域にいる女神を見ているような、そんな感覚で視界に入れていた。

「こら、聖女さまに何てこと言うの」

ぺちりとエルフのフォルテがゼファーの頭をはたいた。

「いってーな。仕方ないだろう。聖女さまめっちゃ美人なんだから」

「まあ気持ちはわからないでもないけど……というより、美形の多いエルフですら見惚《みと》れてしまうわねぇ……」

フォルテが碧眼を澪亜に向ける。

澪亜は一体何の話をしているのかわからず、「んん？」と小首をかしげた。

（エルフさんが美形だというお話でしょうか？）

「ああ、わかってない。自分の魅力に気づいていないわ。これはダメだね……可愛すぎるわね……」

「どうされましたお二人とも？　まだ傷が痛みますか？」

心配になってきた澪亜が二人の顔を覗き込む。

「大丈夫です。ピンピンしてますよ！」

「はい。私の場合は魔力欠乏だったので、問題ないですね。聖水をいただいて快調です」

ゼファーとフォルテが元気だとアピールする。澪亜は胸をなでおろした。ウサちゃんもきゅっきゅと鳴いた。

（もう少しこの世界について色々聞きたいな……）

澪亜が質問を投げようと思い、口を開いたそのときだった。

ドン、と森の方向から重い音が響いた。

「なんでしょう？」

ゼファーとフォルテはSランク冒険者らしく素早く立ち上がった。

「俺たちが様子を見てきます」

「聖女さまは神殿にいてください」

二人がそう言い、駆け出そうとする。

だが澪亜も立ち上がった。

「いえ、私も行きます。お二人は病み上がりですから。それに、瘴気《しょうき》であれば浄化できます」

澪亜はアイテムボックスからライヒニックの聖杖を取り出した。

ゼファーとフォルテが頼もしいですと言い、そのまま走り出そうとした。

「あっ、お待ちください」

澪亜が待ったをかけて、干していた二人の装備を浄化音符に指示を出して移動させ、神殿に運んだ。ふよふよと二人の着ていた上質な上着、鎧、その他の装備品が浮いたままやってくる。

「もう乾いていると思いますよ」

「これって……本当に聖女さまが洗ってくださったんですか？　洋服を浮かせている魔法って聖魔法なんでしょうか？」

ゼファーが自分の装備を受け取って、先ほどから気になっていたことを聞いてくる。

「浄化魔法を私なりにアレンジしたんです。浄化音符と名付けていますよ」

澪亜はくるくると指を回した。シャララーンと和音が鳴って音符が消えた。

「ありがとうございます！」

「感謝いたします！　聖女さまに服を洗っていただくなど、恐縮です……！」

二人は装備を受け取って、手早く着替えた。

ドン、という音が再度響く。

どうやら森の結界を何者かが攻撃しているようだ。

Sランク冒険者らしく二人は最速で支度を整え、弓と剣を手に持った。

「ああ、そうだ」

澪亜が思いついて、浄化音符を両手から出して、別室へと向かわせた。

楽しげな音を奏でながら黄金の音符が飛んでいき、武器庫に保管されていた剣と弓を運んできた。

「……聖女さま？」

「これは？」

二人は黄金の音符に乗って浮かんでいる剣と弓を見上げ、食い入るように見つめる。

（そういえば鑑定はかけていなかったね――鑑定）

まずは剣に鑑定をかけてみる。半透明のボードが現れた。

・ライヒニックの聖剣

攻撃力（＋３５００）

疲労軽減効果

聖なる光で悪しき瘴気を討ち滅ぼす。聖女に認められた剣士にのみ装備可能。

――現在、ゼファーが装備可能――

澪亜は剣の性能を見て、瘴気を討ち滅ぼすのはいいことだと思った。

アレは悪意のかたまりでしかない。

ただ、攻撃力や効果に関してはいまいちわからなかった。書いてあるままなのだろうと思う。

次に弓へと鑑定をかけた。

・ライヒニックの聖弓

攻撃力（＋２３００）

幸運（＋１０００）
連射＋命中に大幅補正
聖なる光で悪しき瘴気を貫く。聖女に認められた弓士にのみ装備可能。
――現在、フォルテが装備可能――

澪亜は笑みを浮かべて、うなずいた。

神殿が、二人に装備品を渡してほしい、そんなふうに言っているように感じた。

「お二人が使ってください。剣と弓も喜んでいるみたいです」

二人は熱に浮かされたみたいに頬を染めて、両手を差し出した。

澪亜は浄化音符を操作して二人の手に剣と弓をゆっくりと落とした。

受け取った瞬間、美しい和音の調べが鳴り響き、浄化音符は空中に霧散した。

「……聖剣……いいのでしょうか？」

「これは……エルフの里の伝承にあった……聖弓です……」

二人も鑑定をかけたのか、事の重大さを感じて震えている。

聖なる装備シリーズは伝承にしか出てこない代物だ。

ゼファーが使っていた最高品質の魔剣でも攻撃力は＋９００。

＋３５００の聖剣の性能はぶっとんでいる。

フォルテの持っていた弓も攻撃力は＋６６０であった。聖弓との性能差がありすぎた。

「いいのですよ。さあ、受け取ってください。早く音のする方向へ行きましょう」

「きゅっきゅきゅう」

澪亜とウサちゃんが言うので、二人は聖剣と聖弓を取って互いにうなずき合った。

「色々言いたいことがあるのですが、まずは様子を見に行きましょう！」

「この神殿に何かあっては全人類の希望が失われるのと同義です」

ゼファー、フォルテが言って、窓枠を飛び越えて芝生の大地を駆けていく。

澪亜は窓枠を飛び越えるのは控え、神殿の入り口から出て駆け足で二人を追った。

芝生を走るざくざくという音を聞き、ウサちゃんが並走しているのを横目に見つつ、澪亜はドンと音が鳴る方向を見た。

（大きな熊？　それにしては禍々《まがまが》しいものを感じます。あれが魔物でしょうか？　あっ、腕が四本もあります……！）

体高５ｍはありそうな熊が、神殿の周囲を覆っている黄金の膜――結界を殴りつけている。触れるとダメージがあるのか、一撃一撃は遅い。それでも放っておくのはまずいと感じる威圧感だ。

澪亜は素早く鑑定をかけた。

デビルマーダーグリズリー
◯職業：デビルマーダーグリズリー
レベル75

体力／１８２００
魔力／５０００
知力／１５００
幸運／３００
魅力／１０００
・魔の森奥地に住む熊。瘴気を吸い込んで魔物化し、ゼファーとフォルテを追っていたところ神殿を見つけ、破壊しようとしている。攻撃力／４８００

（ゼファーさん、フォルテさんが襲われたのはこの熊だね……）

鑑定結果を見て澪亜は思う。

体力が自分の約十五倍あるため、手強そうだった。

（よくわからないけど……攻撃力が４８００。叩かれたら４８００体力が減るのかな？　私の体力が１２００と＋３００だから——一発でやられちゃう、とか？　そもそもあんな大きな熊に殴られたら致命傷だよ）

あくまでもステータスの数値は女神が決めた生命数値である。攻撃力が低くても急所に当たれば魔物は倒せるし、どんなに高い威力の攻撃でもあたりどころが悪ければダメージは低くなる。

澪亜は頭の中で数値について考えつつ、杖を構える。

「きゅきゅう！」

「わかりました！　結界から出ないようにしますね！」

ウサちゃんのアドバイスを素直に聞く澪亜。

その間に、ドン、とまたしてもデビルマーダーグリズリーが結界を殴りつけた。

じゅわ、と熊の触れた拳の部分が溶解する。結界が壊れる様子はない。

「さっきの借りを返すぜ……！」

「ええ、疲れた私たちを倒したからって調子に乗らないでほしいわね！」

ゼファーとフォルテが仰《の》け反《ぞ》ったデビルマーダーグリズリーめがけ、結界から飛び出した。

フォルテは弓を構え、ゼファーが疾駆する。

「――〈絶対両断〉！」

「――〈絶対貫通〉！」

聖剣が左腕を裂き、狙いすましたように聖弓の矢が肩を貫いた。

「グオオオォォッッ――！」

「ハハッ！　すげえ威力だ！」

「矢に自動で聖属性が付与されているわ！　見て！　自己修復できていない！」

肉の焼ける音がし、聖なる武器で傷つけられた箇所から煙が上がる。デビルマーダーグリズリーは顔を凶悪にしかめて怒りの咆哮《ほうこう》を上げた。

「この聖剣があればいける……！」

「聖弓も忘れないでよね」

「フォルテ、油断するなよ。デビルマーダーグリズリーは体力バカだ」

「わかってるわ。長期戦といきましょう」

「新スキルの具合は何となくわかったぜ。スキルクールタイム中に通常攻撃でダメージを蓄積させて——」

「ええ、スキルでとどめ。それが理想ね」

二人は一度、距離を取る。

(お父さまが言っていた——自分にできることをできる限り冷静にやる。それが優れた人間だって……！)

「援護いたします！」

澪亜は父の言葉を胸に気持ちを奮い立たせ、二人の役に立とうと浄化音符を呼び出し、縄状に繋《つな》げて捕縛するイメージで解き放った。足元でウサちゃんが応援している。

「浄化音符さん、お願いします！」

黄金の音符がチェーン状に連なって飛び、デビルマーダーグリズリーの足首にシャラシャラと巻きつき、さらに這《は》うようにして胴体、首、顔、腕をぐるぐる巻きにしていく。

「成功です！」

「きゅっきゅう！」

「ギャアアオォ！　オオオォ！」

激しい痛みに襲われているのか、デビルマーダーグリズリーが悲痛な叫びを上げた。

音符は拘束をさらに強める。

（もっと強く拘束を――）

「ゼファーさん、フォルテさん、今のうちに――」

澪亜が杖をかざしながらそこまで言ったところで、デビルマーダーグリズリーが黒い霧に変化し、それと同時に風船が破裂するような音を響かせて爆発四散した。

ぼふん、と焚き火《たび》の燃えカスに似た何かが、パラパラと地面へ落ちていく。

「――ッ」

「あっ――」

ゼファーとフォルテが剣と弓を構えたままフリーズした。

まさかデビルマーダーグリズリーが一撃で消滅するとは思わなかったらしい。長期戦を覚悟していた二人にとって青天《せいてん》の霹靂《へきれき》であった。

「……」

「……」

「……」

無言で見つめ合う三人。

「あ、あの……浄化魔法は、効き目がいいようですね？」

澪亜はどう言っていいのかわからず、曖昧な笑みを浮かべた。

Sランク冒険者は言葉を失っている。

『――おめでとうございます。レベルが上がりました』

「ひゃあ！」

脳内アナウンスが流れて、澪亜は内股で跳び上がった。

14.

澪亜はレベルアップのアナウンスに驚いて跳び上がった。

その可愛らしい声にゼファーとフォルテが我に返った。

「デビルマーダーグリズリーが一撃……」

「すごいわ。聖女さまのお力はこれほどなのね……」

精悍《せいかん》な剣士と、美人なエルフが顔を見合わせている。

（浄化魔法って強力みたいだね……何にせよ脅威を取り払えたのならよかった。危険な動物が人里に下りたら大変だもんね）

澪亜も冷静になって、熊の消えた場所を見る。

するとフォルテがエルフらしいしなやかな動きで駆け出し、何かを拾って戻ってきた。

「聖女レイアさま。魔石はどうされますか？」

「魔石？」

澪亜はフォルテが差し出した手のひらへ視線を落とした。

六角柱の形をした水晶石に似た石がのっている。色は赤だ。

（魔石……ファンタジー映画に出てきそうな石……。温かい感覚。魔力を感じる……）

隣にいたゼファーが笑みを浮かべて澪亜を見た。

「聖女さまは知らないんですか？　魔石ってのは魔物を倒すと出てくるんですよ。魔力を溜め込んでいる動力源みたいなものですね。この大きさなら、街で売れば金貨二百枚はいきますよ」

「これが魔物の核なんですね？」

（人でいう、心臓みたいなものかな？　肉体が魔法の力で存在しているから、退治すると身体が消失して魔石だけ残る……そんなファンタジー的な説明？）

澪亜は今まで観てきたファンタジー映画の知識を総動員して予想をつけた。

実際にこの目で魔物が消えるところを見たばかりだ。元より質量保存の法則を無視していると か、そういった科学的要素が通用しない世界であることは魔法を見れば一目瞭然だ。

（何か使い道があればいいけど……）

「きゅう」

考えていると、足元にいるウサちゃんが鳴いた。

澪亜は笑みを浮かべてウサちゃんを抱き上げて、「どうしたのですか？」と首をかしげる。

「きゅっきゅう。きゅう、きゅう」

「ふんふん」

「きゅうきゅうきゅきゅ、きゅ」

「魔石を地面に埋めて、それと一緒に作物を栽培するといいんですね。わかりました」

澪亜は教えてくれたウサちゃんのあごの下を撫でた。

ウサちゃんが気持ちよさそうに目を細めて鼻をぴくぴく動かした。

「聖女さま、フォーチュンラビットと話せるんですね……」

「エルフでもそんな方はいませんよ……」

ゼファーとフォルテが驚いているが、澪亜は気づかずに顔を上げた。

「フォルテさん。魔石は差し上げます。ぜひ作物栽培に使ってくださいませ」

「え？　魔石を作物栽培に？　そのような話は一度も聞いたことがありませんよ？」

「そうなのですか？　ウサちゃんが魔石を埋めて農業をするといっぱい実がなるよ、と教えてくれました。もしお国が食べ物に困っているならそのようにしてください」

澪亜はウサちゃんの言葉なら真実だろうと信じ切っている。

フォルテは澪亜の鳶色の瞳に見つめられて、イヤとは言えなかった。癒やしの波動がバンバン出ているので建前が消え去って、本音を話す素直な自分になってしまう。

「ありがたく頂戴いたします。また、聖女さまのお言葉を他の者にも広めます」

「はい。それがいいと思います」

ニコニコと澪亜は笑ってうなずいた。

つられてフォルテとゼファーも笑う。

その後、フォルテが周辺に凶悪な魔物がいないか偵察に行き、問題ないことがわかって神殿に戻った。

○

神殿に戻りながら、澪亜はステータスを確認した。
あまりレベルにこだわりはないが、自分が何をできるのか把握しておく必要はある。
（ステータス表示――）
念じると半透明のボードが現れた。

平等院澪亜
○職業：聖女
　レベル60
　体力／１２００（＋３００）
　魔力／６０００（＋３２００）
　知力／６０００（＋３２００）
　幸運／６０００（＋５２００）
　魅力／７０００（＋８９００）

○一般スキル
〈楽器演奏〉ピアノ・ヴァイオリン
〈料理〉和食・洋食
〈礼儀〉貴族作法・茶道・華道・習字
〈演技〉役者
○聖女スキル
〈聖魔法〉聖水作成・聖水操作・治癒・結界・保護・浄化・浄化音符
〈癒やしの波動〉
〈癒やしの微笑み〉
〈癒やしの眼差し〉
〈鑑定〉
〈完全言語理解〉
〈アイテムボックス〉
〈オーバータイム〉
〈危機回避〉
〈邪悪探知〉
〈絶対領域〉
〈魔物探知〉new

○加護
〈ララマリア神殿の加護〉
○装備品
聖女の聖衣
ライヒニックの聖杖
ライヒニックのスカート
ライヒニックの白タイツ
ライヒニックの空靴

レベルが5、上がっている。

魔物探知というスキルも新しく手に入れたようだ。早速、使ってみる。

(ちょっと試してみよう。魔物探知、発動——。魔力を飛ばして魔物を見つけるんだね……。ああっ……森の中にたくさん魔物がいる……こんなに……?)

魔物探知は、魔物がいる方角に目を向けるとその姿が点になって浮かび上がる仕様だ。神殿を囲むようにして魔物が動き回っている。その点が無数に存在していて、澪亜は背筋が冷たくなった。

(私は神殿周辺を囲んでいる結界に守られていたんだね……感謝しないと)

結界がなければ魔物は神殿までやってきていただろうと容易に想像できる。澪亜は自分の幸運と神殿の作成者に感謝した。

神殿に到着して中に入ると、その静謐《せいひつ》な空気に身体が弛緩《しかん》した。

なんだかんだ気を張っていた自分に気づいて、澪亜はふうと息を吐いた。

「さあ、お座りください」

「ありがとうございます」

「感謝いたします――」

澪亜がゼファーとフォルテを椅子へ促し、聖水入りのコップを配って、話の続きをすることにした。

異世界についてまったく無知であるため情報がほしい。

それに、どの程度自分が聖女として手伝いができるかを見極めたかった。

「お二人のことも詳しくお聞かせ願えますか？」

「もちろんです！」

「はい、何なりと！」

快諾してくれた二人は、フォルテが中心になって、途中であった異世界ララマリアの情勢を説明してくれた。

（へえ……お二人は人族の王国から来たんだね……この神殿と人族の王国が一番近いのかぁ。それなら森を浄化して、道を作って、結界を張る。神殿と王国をつなぐ街道を作るというのはどうかな？　それで、この神殿と黄金の結界を拠点にしてもらって、どんどん森を開拓していく。新しい結界は私が作る――）

　この異世界は魔の森が中央に陣取っているため、五つの王国が分断されている。

　手始めに人間の王国と神殿を街道で繋ぎ、神殿を拠点として他四ヵ国、エルフ、ドワーフ、獣人、ピクシーの国への道を作る。

　澪亜の頭にはそんな絵図が思い浮かんだ。聖女の力があればすべては無理そうでも、聖水を作ったり、目に見える範囲を浄化したりとサポートはできそうだ。

（学校との兼業になっちゃうけど……それでもやってみたいな。まずはお二人に聞いてみよう）

　澪亜は思いついた魔の森街道計画を話した。

15.

「――ということを思いついたのですが、いかがでしょうか？」

　魔の森を浄化して街道を作る――

　その提案に、ゼファーとフォルテは表情を明るくした。

「聖女レイアさま、素晴らしいご提案です！」

「俺、感動しました！」

　フォルテが長い耳を赤くし、ゼファーは瞳をうるませて椅子から下り、ひざまずいた。

「五ヵ国を繋《つな》ぐ街道はエルフ族……全種族の悲願でございます！」

「その通りです！」

澪亜も椅子からあわてて下りて二人を見つめた。

ウサちゃんもぴょんと飛び降り、澪亜の横に座る。

「そんな大げさですよ？　ただの思いつきで言っただけですから、どうか顔をお上げになってください」

「いいえ。聖女さまのお力なくして悲願の達成は不可能です。私からご提案すべきところでしたのに……一緒に来てくれなどと申し上げてしまい恥じいるばかりです。聖女さまには神殿を守る義務がおありです。こちらを拠点にするのは当然のこと……次からはよく考えて発言いたします」

「魔の森に道を作る。聖女さまが手伝ってくれるなら最高だ！」

フォルテは頭を垂れ、ゼファーは興奮して口調が普段の調子に戻っている。

（誰かに本気で頼りにされたの……初めてかもしれない。そっか、こんな気持ちになるんだね）

澪亜は今までの人生で、誰かに頼られたことはない。

父と母は澪亜を常に守ってくれていた。祖母鞠江は精神面で支えてくれる存在だ。

澪亜はいつも庇護《ひご》される対象だった。

（……）

胸の奥が熱くなって、喉が締め付けられる。また一つ、自分がここにいていいんだ。そんな理由を与えられたように感じて、澪亜は涙ぐんだ。

（もっと聖女の力を使えるようになったほうがいいね。うん。頑張ろう！）

澪亜はうなずいて、二人に笑みを送った。

「……！」

「……ッ」

フォルテとゼファーはそんな澪亜の表情を見て驚き、互いに視線を交換してうなずいた。

まずはフォルテが姿勢を正し、澪亜をじっと見つめた。

「聖女レイアさま。私はあなたさまに忠誠を誓います。どんな王族の誘いにもこの気持ちは動きませんでしたが、レイアさまのお人柄、聖女のお力、何よりそのお優しいお心に強く感銘を受けました」

彼女の気持ちは本物なのか、その碧眼が揺らぐことはなく、まっすぐ澪亜を見ている。

隣にいるゼファーも頬に力を入れた。

「俺も、聖女レイアさまに忠誠を誓います。剣を振るしか能がない自分ですけど、やっと剣士である意味がわかったような気がするんです。聖女さまのためにこの力を使いたい。どうか、あなたの家臣にしてください」

Sランク冒険者は王族にも一目置かれる存在だ。

引く手あまたな二人が澪亜にかしずいている。

静謐《せいひつ》な礼拝堂で聖女、剣士、弓士が膝をついている光景は、美しい瞬間であった。

（お二人は聖女を探して危険をかえりみず、魔の森を踏破した勇者……。私は……お二人のような勇気がほしい……。今の自分なら、言いたいことを言えるかもしれない。聖女の力を授けてくださったこの世界の神さまに感謝をして――自分を信じよう――）

澪亜は二人に出逢ったときからずっと考えていたことがあった。

それを口に出そうか、出すまいか、悩んでいた。

だが、自分をここまで評価してくれた二人に恥じる言動はできないと思い、眉を上げ、ぐっとお腹に力を入れた。

「あ、あのぅ……私からも、その、提案があるのですが、よろしいでしょうか？」

「はい！」

「何なりと！」

フォルテ、ゼファーが顔を上げた。

澪亜は服が汚れるのも構わず膝を擦って二人に近づいた。

考えれば考えるほど、恥ずかしい提案だ。

なんだか頬が熱くなってくるし、本当にこんなことを言って大丈夫なのだろうかと、心の中で不安の二文字が吹き荒れる。

それでも澪亜は鳶色の瞳を見開いて、大きく息を吐いた。

「私からの提案っ、ですが……そのぉ……」

「なんでしょう？」

「なんでも命令してくださいよ！」

「い、いいえ、違うのです。その、なんというか、大変言いづらいのですけれど……」

やはり気恥ずかしくなってしまい、つい人差し指同士を突き合わせてもじもじしてしまう。

フォルテとゼファーはうら若き聖女が恥ずかしがっていることにやっと気づき、しばらく言葉を待つことにした。

「あのですね……忠誠や家臣などは必要がなくてですね……なんと言えばいいのか……」

「……」

「……」

「私と、その、お……お友達に……なってほしくてですね……」

(言った！　言ってしまった！　恥ずかしぃ！)

澪亜は頭から煙が出そうなほど顔を赤くして、うつむいた。

フォルテとゼファーはきょとんとした表情を作った。

「お友達……？」

「友達、ですか？」

「はいぃ」

こくこくとうなずいて、澪亜は顔を両手で覆った。

ウサちゃんも「きゅうきゅう」と鳴いて両前足で自分の顔を隠している。

顔を赤くしておろおろしている聖女を見つめ、二人は初めて澪亜が聖女であり、それと同時に純粋な心を持った普通の少女なのだと理解した。

こんな辺鄙《へんぴ》な神殿に一人でいたのだ。寂しかったのだろうと想像すると胸が痛くなってくる。

フォルテは澪亜のいじらしい気持ちに胸キュンして、「ああ。尊い」と自分の胸をかき抱き、ゼファーは「守りたいそのピュアハート」と衝動的に太ももを叩いた。

澪亜は自分の発言が気に障ってしまったかと、焦って顔を上げた。

「急に変な提案をしてしまって申し訳ありません。お二人を見たときからお友達になれたらどんなに素晴らしいかと勝手に考えてしまい……その……ぁぅ……すみません……」

自分で言ってまた恥ずかしくなったらしい。

恥ずかしさを紛らわすため、澪亜はウサちゃんを抱いて高速なでなでをし始めた。

構わんよ、とウサちゃんはされるがままだ。

「レイアさま！　いえ、レイア……今日から友達になりましょう！」

フォルテは涼やかな瞳を細くし、手を差し出した。嬉しいのか長い耳がぴくぴくと動いている。

「レイア！　俺たちは今日からマブダチだ！　よろしく！」

普段はお調子者で場の空気を和ませるゼファーが、にかりと笑って手を出した。

「聖女さまにマブダチってバカなの？　矢で貫かれたいの？」

「うっさいな！　別にいいだろ、友達なんだから！」

フォルテがジト目を送り、ゼファーが言い返す。

（お二人とも……なんてお優しい！）

澪亜は嬉しさと恥ずかしさの感情で胸がいっぱいになり、フォルテ、ゼファーと握手をして頭を下げた。

「ありがとうございます。これから、よろしくお願いいたします」

「違うでしょ、レイア。敬語はいらないわよ」

「そうだぜ。敬語はいらんよお嬢さま」

「こら」

フォルテがゼファーの頭をはたいた。

「あいたっ」

「あんたはそうやってすぐ調子に乗る」

「別にいいだろ。レイアが友達がほしいって言うんだから。レイアはまだ十六歳なんだから、こういうときこそ年上の俺たちが導いてやらんといかんぜ」

「はいはい。まだ十八歳でしょあんたは」

「おまえも十八歳だろ?」

澪亜は二人のやり取りが小気味よくて、くすくすと笑った。

「ああ、ごめんなさい。ゼファーがお調子者だから」

「このエルフは暴力的なんだよ聖女さま。すぐ人の頭をはたいて——あいたぁ！」

「あんたが調子に乗るからでしょう」

澪亜はひとしきり笑って、幸せそうな笑みを二人に向けた。

「これからよろしくお願いいたします。敬語は……癖なので抜けそうもありませんが……その……

えへへ……フォルテ……ゼファーとお呼びしても……？」

　名前を呼び捨てにしたことのない澪亜は躊躇《ちゅうちょ》しつつも、二人をそう呼んだ。照れ笑いして頬を染めると、〈癒やしの波動〉〈癒やしの微笑み〉〈癒やしの眼差し〉のトリプルコンボが発動してしまう。

　純粋無垢《じゅんすいむく》な聖女さまを見てフォルテとゼファーは頬を赤くし、顔を見合わせ、これから戦に行かんばかりの神妙な表情に切り替えてうなずき合った。

「これはアレね……」

「ああ、アレだな……」

「この笑顔ならどんなやつでも陥落するわね……」

「超カタブツの宰相閣下でも……イチコロだな」

「ん？　どうかされましたか？」

　澪亜は二人の話が気になって、顔を近づけた。

「いいえ、なんでもありませんよ」

「友達になれて嬉しいなって思ったのさ！」

「ま、まあ」

　澪亜は両頬を押さえて、むにむにと唇を動かした。

　フォルテとゼファーは聖女のいじらしさにまた胸を射貫《いぬ》かれ、両手で心臓を押さえた。

「……そう遠くない未来、レイアのために死にたいという兵士が集まりそうね……」

「ああ……王国中から来そうだぜ……」

二人が囁《ささや》き合っていると、ウサちゃんがぴょんと跳ねた。

「きゅっきゅう！」

「まあ、まあ、うふふ……ウサちゃんもありがとう。ウサちゃんもお友達ですものね？」

「きゅう」

ウサちゃんが片方の前足をもふりと挙げると、フォルテ、ゼファーが声を上げて笑った。

つられて澪亜もお淑《しと》やかに笑う。

礼拝堂に、皆の笑い声が響いた。

16.

フォルテ、ゼファーと友達になった澪亜は、二人に自分が異世界人であること、鏡で世界を行き来できること、日本という国から来たこと、その世界には魔法がないこと、その代わりに科学文明が発展していることなどを伝えた。

「あまり驚くことじゃないわね」

フォルテがうなずき、ゼファーも肯定する。

「異世界人は過去の歴史で何度か現れてるぜ。まあ、レイアみたいに鏡で行ったり来たりってのは聞いたことがないけどさ」

「そうなのですね？　よければお二人をおばあさまにご紹介したいのですが……」

澪亜はまだ祖母鞠江に異世界の件を伝えていない。

（今日帰ったら、おばあさまに言おう。それで、おばあさまの両目を聖魔法で……治そう。お二人にできたんだもの。きっとうまくいくよ）

考えているレイアの肩を、フォルテがぽんと叩いた。

「気にしないで。澪亜の住むニホンって街に行ってみたいけど、別に無理しなくてもいいわよ」

「そうだぜ、気にすんな。なんせ俺らはマブダチだからな」

にかりと笑って親指を立てるゼファー。

「はい」

澪亜は二人の優しさに笑みを浮かべてうなずいた。

ゼファーが〈癒やしの微笑み〉のせいか頰をゆるませ、フォルテが「聖女さまが寛容な方でよかったわ」とつぶやく。

「レイア。そういえば、その鏡に鑑定はかけたの？　ちょっと気になるわね」

「かけていませんね……。ご指摘ありがとうございます」

「じゃあ見に行きましょうよ。私、見てみたいわ」

「きゅっきゅう」

フォルテが言い、ウサちゃんも反応する。

澪亜はウサちゃんを抱き上げ、真っ白な部屋へ二人を案内した。

「こちらです。祖母が大切にしていた鏡で、手を触れると向こうの世界へ移動できます」

木彫りの枠に収まっている全身鏡は、室内でも鮮やかな光彩を浮かべている。

澪亜は独特な雰囲気を持つ鏡を眺めてから、脳内で鑑定と唱えた。

鏡の横に半透明のボードが浮かんだ。

『世渡りの鏡――ライヒニックが作った世界と世界を繋ぐ鏡。聖女の資格を持つ者、女神の加護を持つ者のみ使うことができる』

(聖女の資格を持つ者……だから私は異世界に来れたんだね)

澪亜がボードを見ていると、フォルテとゼファーも鑑定を使ったのか、唸《うな》り声《ごえ》を上げた。

「聖女か加護持ちだけが使えるのね」

「どのみち俺たちは使えないな」

「そうね。加護持ちは魔物との闘争で血脈が途絶えているわ。実質、使用できるのは聖女であるレイアだけね」

フォルテの解説に、澪亜は残念に思った。

「きゅっきゅう……」

ウサちゃんも澪亜の腕の中で落ち込んでいる。加護なしのウサちゃんも現実世界への移動はできない。

「残念ですね、ウサちゃん……」

澪亜はウサちゃんのお腹に顔をうずめて、もふもふと左右に動かした。

「きゅう」

「そうですね。こっちにいるときはいつも一緒ですよ？」

「きゅっ」

そんな聖女と聖獣を見て、フォルテは「聖女さまとフォーチュンラビット可愛い。持って帰りたい」と言い、ゼファーは「異世界行ってみたかったぜ」と新しい冒険ができないことを悔しがった。

その後、時間になったので、澪亜は現実世界に帰ることにした。聖剣と聖弓をゼファー、フォルテに預け、神殿を自由に使っていいと伝えた。そもそも澪亜の所有物でないので、二人が使うことに何の躊躇《ちゅうちょ》もない。

「ありがとうレイア。私たちは一晩休んで、王国へ報告に行くわ」

「ああ。みんな吉報を待ってるからな」

「そうですか……わかりました」

（お二人は王国へ一度戻るのか……寂しいなぁ……）

澪亜は何度かうなずいて感情を飲み込むと、気持ちを切り替えた。

「それでは、私もできる限りのお手伝いをいたします。こちらに聖水を溜めておきます。いつでも飲んでくださいね。水筒に入れていただいても、もちろん大丈夫です」

澪亜は神殿の裏手にあった調理場で聖水作成し、大壺《おおつぼ》に聖水をこぼれるぎりぎりまで入れた。

さらに心配した表情で、フォルテとゼファーを見つめた。

「お部屋は自由に使ってくださいませ。裏手の野菜は一日で実が生えてきますので、お好きに食べて結構です。管理人のウサちゃんに念のためお伺いを立ててからお願いいいたします」

「きゅっ」

ウサちゃんが胸を張る。

「歯磨きと洗顔は聖水を使ってください。とっても綺麗になります。瘴気《しょうき》は完全に駆除しましたが、万が一現れたら聖水をふりかけてくださいね。あと、礼拝堂にある聖女の実は食べないようにお願いします。聖女候補以外が食べるとひどく苦いみたいですので。それから——」

「あの、レイア？　そんなに心配しなくても大丈夫よ」

フォルテが軽く苦笑いをして、嬉しそうに肩をすくめた。

「そうだぜ。俺たちは国で最強のSランク冒険者だ。飯とかは適当に食える動物を狩るから平気だよ」

ゼファーが腰に装備した聖剣を嬉しそうに叩く。

「野菜があるのはありがたいわね。できるだけ持っていきましょう」

「確かに！　一ヵ月保存食はきついぜ」

「それに聖水が使える時点で最強よね」

「浄化もできて生活にも使えるとか万能すぎだろ……」

二人の言葉を聞いて、澪亜はちょっと頬を赤くした。

「すみません。余計な心配でしたね？　あの、お二人と別れるのが寂しくて……つい……」

澪亜がうつむいて聖女服のスカートを握る。

自分の気持ちを伝えることに慣れず、こうして恥ずかしくなってしまう。同年代の友人がいないので仕方がないと言える。平等院家が没落する前は、金持ち同士の子どもの交流もあったのだが、没落した今ではつながりは消滅している。金の切れ目が縁の切れ目とは言い得て妙であった。

何にせよ、こうして人と話すのが澪亜は嬉しくて、どうにも照れるのだ。

勝手に顔は熱くなるし、するつもりはないのにもじもじとしてしまう。

（ううう……恥ずかしい。相手に気持ちを伝えるのは大切ってお母さまが言っていたし、慣れないと……）

そんな澪亜を見てフォルテは「あああっ」と小声で悲鳴を上げ、愛しさと切なさでエルフ的な尊さメーターすべてが振り切れたのか、金髪を振り乱して仰け反った。さっきまでの頼りになるお姉さんキャラはどこに行ったのだろうか。

ゼファーは「これがエルフ族の言う尊いってヤツか?!　意味わからんかったけど今理解した！」と胸を押さえてフォルテの肩をガタガタと思い切り揺らす。

「だ、大丈夫ですかお二人とも?!　お胸が苦しいのでしょうか?!　傷がまだ治っていないのかもしれません！　聖魔法——治癒！」

澪亜があわてた様子で杖を取り出し、パァァァッと治癒魔法を光らせた。

フォルテとゼファーが光に包まれる。

数秒して落ち着いた二人がふうと息を吐いた。

「大丈夫よ。尊い発作が発生しただけだから。今この瞬間治ったわ」

きりりと端整な顔を引き締め、フォルテが言った。

「トウトイ発作？　それはいけません。多めに治癒魔法をかけておきます」

澪亜はさらに心配したのか、再度杖を構えた。

フォルテはそれを押し留めた。

「レイア、落ち着いて聞いてちょうだい。今後エルフ族に会ったとき、きっと同じ反応をするわ。でもそれは一時的なものだから安心して。別に悪いものじゃなくて、種族的な反応なの」

「そうなのですか？　それならいいのですが……」

「エルフ族ってバカなの？」

ゼファーがちょっとあきれている。

「うっさいわね！」

「あぶなっ、あぶなぁっ！　今の裏拳、本気だったよなぁ⁉」

フォルテの裏拳をかわしたゼファーが抗議する。拳の鋭さに髪の毛が二、三本飛んだ。

「エルフ族は心を大切にする種族なの！　だから純粋な人とか行動を見ると、つい身体が反応しちゃうのよ！」

「変な種族」

「カッコばっかかつけてるあんたに言われたくないわよ」

「カッコつけてんじゃねえの。カッコいいの」

「はいはい」

ため息をついて、フォルテが肩をすくめる。

ゼファーは実力もあり人柄もいいので、人族からはモテるのだ。ただ、自分でカッコいいと言ってしまうところが残念でもあり、彼の魅力でもあった。

澪亜は二人の間柄が一昼夜でできたものではないとわかっているのか、ニコニコと笑ってやり取りを眺めている。

それから、三人で少し談笑して、ウサちゃんをもふもふし、澪亜は別れを告げた。

「それではまたお会いいたしましょう」

「ええ、また！　必ず神殿に来るわ！」

「ああ！　またな、レイア！」

「きゅっきゅう！」

「まあ、まあ、……ウサちゃんはそちらでしょう？」

一緒に現実世界へ行こうとするウサちゃんを見て、澪亜は寂しげな表情をし、フォルテ、ゼファーが微笑ましく目を細めた。

「きゅう……」

ウサちゃんはウサ耳を垂らしてとぼとぼと鏡から離れた。

澪亜は律儀に一礼をして、名残惜しくも、鏡に触れて現実世界へと戻った。

17.

「それではお二人とも、お身体にはお気をつけて。ごきげんよう」

律儀に一礼し、聖女澪亜が鏡に触れると、溶けるようにして吸い込まれていった。

現実世界へと消えた聖女を見送ったエルフのフォルテと剣士のゼファーは、しばらく鏡をじっと見つめていた。

澪亜がいなくなった喪失感を飲み込むのに時間がかかる。

二人はおもむろに顔を見合わせた。

「聖女さま、ヤバいな……？」

ゼファーが呆《ほう》けた顔で言った。

「ヤバいわね……」

フォルテが長い耳をぴくりと震わせてうなずく。

「だよなぁ！　ヤバいよなぁ⁉」

「ええ、本気でヤバいわね！」

二人は異世界語でヤバい、ヤバいと連呼する。「ヤバい」は王都に住む若者たちの間で流行《はや》っている言葉で、「すげえ」とか「最高」などを意味する。この辺は地球語とほぼ変わりない使い方だ。澪亜が聞いてもスキル〈完全言語理解〉の力で「ヤバい」と変換されるだろう。

ゼファーがもどかしそうに短髪をがりがりと両手でかいて、両手を思い切り宙に上げた。

「美人で可愛すぎだろォォッ！　しかも巨乳でスタイルがいいのにエロスを感じない神々しいあの感じ！」

「そうなのよ！　エルフでもあんなに美しい子はいないわ！」

「しかもめっちゃいい子！　あの優しい目で見られると自分が子どもになった気分になるんだよ！　わかる⁉」

「わかるわかる！　お母さんよお母さん！」

「母性パないっ。あと慈愛の眼差しがすげえ」

「年下なのにすべて負けてる気がするわ」

「膝枕されたい……」

「私もよ……」

「ついでに頭を撫でられたい……」

「私もよ……」

泣く子も黙るSランク冒険者の二人は聖女の話題で盛り上がる。

「きゅっきゅう」

二人の様子を見ていたウサちゃんが「同意」と鳴いた。

フォルテとゼファーはウサちゃんが前足を上げたのを見て、うんうんとうなずいた。

「レイアの膝はウサちゃんのものね」

「そうだな。とんだ失礼を言ったぜ」

少し冷静になった二人は白亜の部屋から出て、礼拝堂へと戻った。

先ほど座っていた長椅子に座り、旅の準備をすることにした。

まずは互いのステータス確認をしようと、ゼファーがステータスボードを出現させた。

「ステータスだ。おまえのも――」

「わかってるわ」

フォルテもステータスを表示させる。

「きゅう」

澪亜が座っていた椅子の上で丸まっていたウサちゃんもボードを出した。何となく、仲間に入れてほしいみたいだ。

二人はウサちゃんのステータスを見て感嘆した。

ウサちゃん
○職業：フォーチュンラビット
レベル１
体力／１００
魔力／50

知力／50
幸運／77777
魅力／7777
○スキル
〈癒やしの波動〉


「〈癒やしの波動〉か。どうりで……」

「癒やされる理由がわかったわ」

「幸運が77777ってすごすぎだろ」

「王都のくじ引き屋に行ったら一発で金賞を当てそうね」

「あれ詐欺だよな？　金賞確率千分の一とか言ってるけどあやしいもんだぞ」

王都にある人気のくじ引き屋は、金賞に魔剣、魔杖《まじょう》を設定している。一回金貨一枚——日本円に換算すると十万円のくじだ。ゼファーもフォルテも百万円使って全部ひのきの棒だった。

フォルテは思い出して腹が立ってきたのか、ウサちゃんを真剣な目で見た。

「ぜひウサちゃんに引いてもらいたいわ」

「きゅうきゅう」

ウサちゃんが「機会があればね」と鼻をぴくぴく動かした。可愛い。ステータスの幸運／77777が燦然《さんぜん》と輝いている。

「77777かぁ」

最初に発見したときすでに確認していたが、あらためて見るとあり得ない幸運値だ。

ステータスの中でも幸運は上がりにくい数値で、レベルアップ時に1~10で上がっていく。そのため、レベルが100でも幸運値は高くて1000ほどで、ギャンブラーなどめずらしい職業でようやく3000である。

数値五桁の77777はまさに桁違いであった。

「レイアの数値もヤバかったな?」

「ええ。さすが聖女さまよね。幸運値も綺麗に100ずつ上がっていたわ」

「レベル60で幸運値6000。しかも装備の補正で+5200だぜ?」

ゼファーが思い出したのか、ふうとため息をついた。

「てかさ、今さらだけど勝手にステータス鑑定したの罪悪感覚えてきた」

「そうね……レイアは遠慮して私たちのステータスを見ていないみたいだったわ」

「アレあげたほうがよかったんじゃね? 鑑定阻害の指輪」

「ああ、うっかりしてた」

フォルテが額を指で押さえた。

澪亜の存在がまぶしすぎて、色々と失念している。

ステータスは戦闘において重要な情報だ。相手に見られてしまうと対策を立てられ圧倒的不利になる。そのため、冒険者上位ランカーは必ず鑑定阻害の指輪を装備していた。

「ま、気を取り直して確認するか」

「そうね」

ゼファー、フォルテはステータスボードが移動するイメージをする。

半透明のボードが互いの目の前へ移動した。

ゼファー
○職業：剣士
　レベル71
　体力／5800（+500）
　魔力／2000
　知力／1800
　幸運／330
　魅力／3800
○一般スキル
〈料理〉サバイバル
〈流儀〉冒険者の流儀
〈生活魔法〉
○剣士スキル

〈火魔法〉レベル３
〈水魔法〉レベル１
〈モルダグ流剣闘術〉
〈戦いの咆哮〉
〈野生の勘〉
〈危機一髪〉
〈カウンター〉
〈全体斬り〉
〈連続斬り〉
〈絶対両断〉
〈不屈の闘志〉
〈鋼の心臓〉
〈鑑定〉
〈アイテムボックス〉
○装備品
　ライヒニックの聖剣
　黒鉄の服
　赤鉄の胸当て

赤鉄の肘当て
赤鉄の小手
エヤンダの靴
鑑定阻害の指輪

ゼファーのステータスを見たフォルテが、「レベルが上がっているわね」とつぶやいた。

「魔の森を抜けてきたんだ。当然だろ？」

「そうね。でも、もっと強くならないと……」

「だな」

ゼファーがにかりと笑う。

「フォルテもいい感じにステータスが上がってるな」

「レイアには負けるけどね」

ゼファーがフォルテのステータスボードへ目を落とした。

フォルテ・シルフィード
○職業：弓士
レベル71
体力／３３００

魔力／４０００
知力／４７００
幸運／５７０（＋１０００）
魅力／４２００
◯一般スキル
〈料理〉エルフ流・ルルーラ流・サバイバル
〈流儀〉冒険者の流儀
〈礼儀〉エルフ作法・貴族作法
〈生活魔法〉
◯剣士スキル
〈火魔法〉レベル１
〈水魔法〉レベル４
〈風魔法〉レベル７
〈エルフ流弓術〉
〈隠密〉
〈隠蔽〉
〈野生の勘〉
〈長耳の集音〉

〈鷹《たか》の目〉
〈風の心〉
〈軽業〉
〈森の子〉
〈連続弓射〉
〈絶対貫通〉
〈鑑定〉
〈アイテムボックス〉
○装備品
　ライヒニックの聖弓
　世界樹の服
　魔銀の胸当て
　ニンフの小手
　軽業師の靴
　鑑定阻害の指輪

二人は互いに見たステータスの意見を言い合う。

数値はもちろん重要であるが、戦闘においては戦術、熟練度、経験が大切であることを二人は誰よりも理解していた。世界に数名しかいないSランク冒険者だけあり、抜かりや慢心はない。

話し合いが終わると神殿から出て、芝生広場でスキルの使い心地を確認する。

簡単な模擬戦をたっぷり時間をかけて行うと、日が沈んできた。

「飯にしよう」

「そうね」

聖剣と聖弓にも慣れてきた。

頃合いということで神殿に戻り、ウサちゃんから許可を得て野菜をもらい、アイテムボックスに入っている保存食と一緒に調理する。フォルテが料理上手なので、ゼファーは火起こしや片付け担当だ。

野菜スープ、黒パン、ゼファーのアイテムボックスに入っていた鳥肉を串焼きにするというメニューだった。

「ウサちゃんも食べるか?」

「きゅっきゅう」

ノン、と首を振るウサちゃん。野菜だけでいいらしい。

調理場から礼拝堂へスープを持ってきて、フォルテが生活魔法で光玉を宙に浮かべた。

室内が明るくなり、中央の白亜の像に影が伸びた。

「レイアとしばらく会えないのかぁ〜」

串焼きを豪快に食べながら、ゼファーが言った。

「……残念だけど私たちの帰りを待っているみんながいるわ。涙を飲んで、早朝出発しましょう」

上品にパンをかじるフォルテが言う。

「ま、仕方ねえよなぁ」

ゼファーもパンにかじりつき、立て続けにスープを飲んで口の中でパンをふやかす。

あまり行儀のいい食べ方ではないが、冒険者はいついかなるときでも戦闘できるよう、早く食べる習慣が染み付いている。ゼファーはフォルテと違って、常在戦場と通常運転を切り替えできるタイプではなかった。

「きゅう」

ウサちゃんが横でサクサクとレタスを頬張っている。可愛い。

二人はウサちゃんに癒やされながら、落ち着いた気持ちで食事を続けた。

昨日まで魔の森で生きるか死ぬかの瀬戸際でサバイバルをしていたため、ありがたい心の休息だ。ララマリアの神殿が心を落ち着かせることも関係しているだろう。

「レイアの浄化魔法さ、マジでびっくりしたぜ」

スープを飲み干したゼファーが生活魔法の光玉を見上げて言った。

「一瞬でボン、だぜ?」

「魔物に大幅な特効があるのでしょうね。デビルマーダーグリズリーが一撃だもの。聖女さまでないとあり得ないわ」

「なあ……俺たちの世界、本当に助かるかもしれねえな」

「そうね……レイアが私たちの最後の希望よ」

フォルテが今の世界情勢を思い描いているのか、ゼファーと同じように神殿の天井を見上げた。

ララマリアの世界は崩壊寸前である。

度重なる魔物の侵攻により、じわじわと人間、エルフ、ドワーフ、ピクシー、獣人たちの生活領域は狭くなっていた。

一見平和に見える大都市の王都でも、破滅への脅威が背後まで迫っていることに皆が気づいている。

これ以上、土地が魔物に踏み荒らされると食糧難に陥る。今でも国庫を開いてやりくりしている状態だ。時が経てば食料はなくなり、醜い人間同士の争いになるであろうと王国は予想していた。もって数年。王国はそういった理解のもと、現状を打破するべく動いている。

「魔石の件もあるし、絶対帰らないと」

フォルテは澪亜に言われた、魔石を栽培に使ってください、という言葉を反芻《はんすう》した。

収穫量が増えればいいと願うばかりだ。

「王都に帰ろう。また神殿に来よう」

ゼファーが真剣な目をして、拳を突き出した。

「ええ」

フォルテも拳を握り、ごつんと互いの拳を合わせる。

全人類の期待を一身に背負った二人は大きな希望を胸に宿し、うなずき合った。

「きゅきゅう」

そこへウサちゃんがぴょんと跳んで、もふりと前足を合わせる。

ゼファーとフォルテが笑い、ウサちゃんの高さに合わせて腕を伸ばし、二人と一匹は拳を合わせる。るのだった。

18.

剣士ゼファー、エルフのフォルテと別れた澪亜は、聖女装備のまま現実世界へ戻った。

「ふう……」

(これからおばあさまに異世界のことを話そう。聖魔法を使うなら、聖女装備のままのほうが数値が高いからね。恥ずかしいけど誰にも見られないから大丈夫)

澪亜は決意を胸に秘め、鏡のある部屋から出て、階段を下りる。

「おばあさま、いらっしゃいますか?」

居間に入ると、鞠江は座椅子に座ってタブレットでニュースの動画配信を聞いているようだった。

「あら澪亜、もう勉強はいいの?　めずらしく早いじゃない」

「はい。勉強はその……」

「まあ、してなかったの?　あなたもついにサボタージュに目覚めたのね……ふふっ」

祖母鞠江は澪亜がサボってると聞き、叱るどころか笑っている。チャーミングな女性だ。

「人生にサボりも大切よ。あなた、頑張りすぎるから」

「そんなこと……私はダメな人間ですから人より頑張らないといけないんです」

「こらこら、そんなこと言わないの」

鞠江が白濁した瞳を澪亜へ向け、手招きをした。

（おばあさま……）

澪亜は近づいて、ちゃぶ台の向かい側へ座った。

「それで、何か話があるんでしょう？」

「……どうしてそう思うのですか？」

「そりゃあ、あなたのおばあちゃんだもの。なんでもわかるわ」

「まあ……おばあさまに隠し事はできませんね」

澪亜が神妙になって背筋を伸ばすと、鞠江はにっこりと笑みを浮かべてタブレットの電源を落とし、澪亜を見つめた。

「私はね、あなたが隠し事をしてくれて嬉しかったの」

「……そうなのですか？」

「ええ。澪亜を赤ちゃんのときからずっと見守ってきたけど、初めてあなたは私に隠し事をしたわ。それがね、おばあちゃん、嬉しいの」

鞠江は本当に喜んでいるのか、笑みを浮かべている。

澪亜は自分の行動が祖母にとってお見通しであったこと、それでも受け入れてくれ、何も言わずにいてくれたことに胸が熱くなった。

「夏休みに入ってから澪亜の声がどんどん明るくなって、毎日が楽しそうで、おばあちゃんはとっても嬉しいのよ。あの子たちが死んでから、あなたには悲しい思いをさせてしまったわ……。学校も行くのがつらかったんでしょう？」

「……はい。とてもつらかったです……」

澪亜はいじめっ子の純子に蹴られた背中の痛みを思い出し、義姉妹である夏月院家の春菜、芽々子の冷たい視線を脳裏に浮かべた。見えないナイフで胸を刺されたような、鈍い痛みがじわりと心に広がっていく。

「澪亜は新しいやりがいを見つけたのね？　友達もできたの？」

「はい――。素敵な友達がお二人と一匹、できました」

澪亜はフォルテとゼファーの爽やかな笑顔を思い出し、ウサちゃんのもふもふを脳内再現した。自然と鈍い痛みが消えていく。聖女になった補正もかなり働いているのか、以前に感じた絶望感はほとんどなくなっていた。

「それはいいことねぇ。お二人と一匹さんには何てお礼を言えばいいのか……菓子折りを持っていかないとね……貯めておいたへそくりで日本橋のデパートに行きましょうか……」

常に気丈である鞠江がしゃべりながら喉を震わせ、いつしか瞳から涙をこぼしていた。

彼女はポケットから上品にハンカチを取り出し、ゆっくりと目に押し当てた。

「おばあさま……」

澪亜も瞳が燃えるように熱くなって、ぽたぽたと涙がこぼれ落ちた。

（神さま……こんなにも素敵なおばあさまと一緒に住まわせてくださって、ありがとうございます……おばあさまが私のおばあさまで……本当に嬉しいです……）

澪亜は立ち上がって祖母に近づき、ひざまずいてぎゅっと抱きついた。

「あらあら。澪亜はいくつになっても甘えん坊ねぇ」

「はい。甘えん坊です……」

「可愛い子……誰よりも大切な孫だわ……」

鞠江も澪亜を抱きしめる。

彼女は澪亜の赤ん坊であった頃から、転んで大泣きしたときのこと、ピアノを練習して発表会で一位を取ったときの笑顔、社交デビューしてうまく馴染めなかったことなどを思い出して、涙が止まらなかった。

澪亜が成長し、明るくなってくれたことが何よりも嬉しい。

（おばあさま……こんなに喜んでくれるなんて……。異世界の神殿には何度感謝してもしきれないよ……）

しばらくお互いの体温を交換すると、鞠江が何かに気づいたのか、澪亜の身体を触り始めた。

「お、おばあさま？　その、くすぐったいです」

「あらぁ？　こんな服うちにあったかしら？」

聖女装備の手触りと、ばっくり開いた背中のラインに指を滑らせ、鞠江が首をかしげた。

澪亜はさっと鞠江から離れた。

「実はこれからお話しすることと関係があります」

「あらそうなの？　サボタージュが秘密じゃなかったのね？」

「はい。実はですね……おばあさまの鏡に触れたとき、不思議なことが起きまして……まったく別世界、異世界に移動したんです」

「……鏡から、異世界に？」

鞠江が白濁した目をぱちくりさせる。

「そうなのです。荒唐無稽な話かもしれませんが、鏡で移動した先には神殿があり、そこで私は聖女という役職につきました」

「神殿、聖女……」

「その世界で魔法が使えるようになりまして……その、嘘だと思っていただいて大丈夫なので、一度だけおばあさまの目に治癒の魔法を使ってもいいでしょうか？」

澪亜の申し出に、鞠江は黙り込んだ。

（やっぱり信じてもらえるはずないよね……こんな映画みたいなこと、現実に起きるはずがないもの……）

ファンタジー全開の聖女装備に身を包んだ澪亜が、ちゃぶ台の前で正座して縮こまった。

祖母は何を考えているのか宙へと見えぬ視線をさまよわせ、澪亜へと戻した。

「いいわよ。やってちょうだい」

「……いいのですか？」

「ええ。澪亜が嘘をつくはずないものね」

鞠江がにこりと笑い、顔を向けた。

「もっと顔を突き出したほうがいいかしら？　目は閉じる？」

「はい。光が急に見えるようになるとつらいかもしれません。閉じてくださいませ」

「わかったわ」

鞠江がまぶたを閉じた。

澪亜は緊張から眉間にしわを寄せ、何度か深呼吸をし、杖を構えた。

（目が見えなくなって一番つらかったのはおばあさまだ……絶対治ると信じて……聖女の力を信じて……魔法を使おう……）

「聖魔法——治癒」

澪亜が魔力を練り上げるとヒカリダマがいくつも出現し、鞠江の瞳へと吸い込まれていく。

必死に両目が治るイメージを繰り返して、治癒魔法の手応えがなくなるまで魔法を使い続けた。

やがて、ヒカリダマが弾けるようにして飛び散って消えていく。

（これでいいはず……どうだろう……？）

澪亜は恐る恐る口を開いた。

「おばあさま、お加減はいかがでしょうか……？」

「澪亜、どうしましょう。光が……見える気がするわ……」

「本当ですか⁈　ゆっくり目を開けてみてください。そっとです」

「わかったわ……」

鞠江が重い蓋を押し上げるように、まぶたを上げていく。

完全に開け切ると、鞠江が声にならない声を上げた。

「ああっ……ああ……奇跡だわ……」

鞠江が澪亜の頬をそっと両手で挟んだ。

「澪亜……あなたこんなに大きくなって……若い頃の私にそっくり……」

「おばあさま……！」

「見えるわ……見たくて見たくて仕方がなかった、澪亜の顔が見えるわ……！」

白濁していた鞠江の瞳が、美しい鳶色に戻っている。

そこからはとめどなく涙があふれ出ていた。

「ああっ、おばあさま！」

澪亜は鞠江の胸に飛び込んだ。

おばあさま、おばあさまとつぶやきながら、何度も顔を胸に擦りつける。

（よかった！　よかった！　ありがとうございます。聖女の力を授けてくださり、ありがとうございます。私に役割を与えてくださり、本当に感謝申し上げます……！）

澪亜は嬉しさから感謝の祈りを捧げた。

異世界に行ったこと、聖女になれたことで、自分の人生にまた一つの幸せが舞い降りた。

鞠江と澪亜はしばらくの間、抱き合い続けて喜びを分かち合った。

19.

澪亜は祖母鞠江の両目を治癒魔法で完璧に治療した。

目が見えるようになった鞠江のはしゃぎように、澪亜は「まあ」と楽しそうに笑った。聖女装備は恥ずかしいので普段着に戻している。

「この家オンボロねぇ。澪亜見てよ、窓枠が歪《ゆが》んで隙間があるわ！　ほらほら、貧乏人が成り上がる映画があったじゃない？　確かインド映画よ。私たち、いつの間にか映画の主人公になっていたのねぇ」

鞠江が家をぐるりと見回して笑っている。

背があまり高くない祖母の背中は、少女のように見えた。

ずっと豪邸に住んでいた鞠江にとって、今の家は面白いらしい。

この家は鞠江が若い頃、その場のノリで土地と一緒に買ったものだ。買っていたことをすっかり忘れていて、平等院家が奪われた際に思い出し、避難してきた、という経緯がある。

平等院家を罠《わな》にハメた夏月院家の連中も、鞠江名義のこの家には興味を示さなかった。

澪亜は鞠江の言っている映画の内容を思い出し、大きな瞳が弧を描いた。

「アカデミー賞を取った作品ですね？　懐かしいです」

「そうね。あの映画、貴彦《たかひこ》が好きだったわねぇ」

「ええ、お父さまが何度か観ていましたね？」

「あ、そうそう。そうだったわね。あの子ったら倍速で観るのよねぇ。時間がないとか言って。あれはやめてほしかったわ」

「私とお母さま、おばあさまに言われてからは、シアタールームでお一人で観ていましたよ」

「あら、そうだったのね？」

二人は昔を思い出して笑い合った。

澪亜は、大きな屋敷に両親がいて、鞠江がいて、仲のいい使用人がいる光景を思い浮かべた。今となっては夢物語のように感じる。

「澪亜、鏡を見に行きましょうか？　久々に見たいわ」

「はい。行きましょう」

彼女の誘いにうなずいて、澪亜は鞠江と二階へ上がった。

物置部屋になっている一室に入ると、雑多な段ボール箱や、近所の人にもらったハンガーラックがある。中央では世渡りの鏡が光彩を放っていた。

（綺麗な鏡だね……）

異世界への扉を繋いでくれた鏡に、澪亜は感謝の念を送る。

この鏡が自分の人生を変えてくれた。どん底にいた自分を救ってくれた。

「懐かしいわね……」

鞠江が鏡にそっと触れた。

一瞬、異世界へ引き込まれるかと思ったが、そんなこともなく、鞠江の長い指が鏡の表面をなぞっていく。

「澪亜。あなたが異世界に行って聖女になったという話を聞かされて、私は全然驚かなかったわ」

「え？　そうなのですか？」

「そうねぇ。私もレディの秘密、教えてあげるわね」

鞠江が鏡から指を離し、うふふと笑った。

「実は…………あなたのおじいちゃんはね、異世界から来た人だったのよ？」

「えっ⁉」

(ど、どういうこと⁉)

これにはお上品な澪亜も驚きで大きく口を開けた。

鞠江は澪亜の驚きぶりに満足したのか、うんうんとうなずいて身体を澪亜へ向けた。

「この鏡でこっちの世界に迷い込んできた人だったのよ。それを私がたまたま保護して、恋仲になってねぇ……。婿養子にするときはそれはもう揉めに揉めたわ。でも優秀な人だったし、魔法も少し使えたからね。スキルっていうのも使えたみたいよ？　どこに行っても商談成立だから、さすがに先代のおじいさまも口出ししなくなってねぇ」

「おじいさまが魔法とスキルを……」

「ええ。秘密にしていたのよ」

鞠江の夫、つまりは澪亜の祖父は異世界人であった。

（衝撃の事実だよ。おじいさまがカリスマ性を持っていたのは異世界で職業を持っていたからかな……？　みんながすごい人だって言ってた記憶があるし……）

「確か〝神官〟という職業だと言っていたわ。澪亜が異世界に行ったこと、聖女であることと関係があるのかもしれないわね」

「この鏡は、聖女の資格がある者、もしくは女神の加護がある者のみが使えるそうです。おじいさまにも加護があったのでしょうか……」

「へえ。そんなルールなの？　神話みたいで面白いわね。でも、三十年くらいは鏡が使えなかったみたいよ？　だからずっとこっちの世界にいたの」

「そうなのですか？」

「あ、ちなみに言っておくと、おじいちゃん、まだ死んでないからね？」

「ええっ！　ビルの爆発事故に巻き込まれて……お葬式も……！」

澪亜が六歳のときに、祖父の譲二《じょうじ》は他界している、はずであった。

「向こうの世界が危機なんですってよ。それで他界したように工作して、貴彦に家の権利を譲渡して向こうの世界に行ったわ。鏡も使えるようになっていたみたいだし、また帰ってくるとは言っていたけど……」

（おじいさまが……生きてる……しかも異世界にいる……）

澪亜は優しかった祖父譲二を思い出して、あたたかい気持ちが胸に広がった。

「おばあさま。実は私も向こうの世界を救うお手伝いをすることになりました。おじいさまを捜してみたいと思います！」

「まあ、まあ、そうしてちょうだい！　ずっと帰ってこないから文句の一つでも言ってやりたいのよ。……ああっ……いけないわ……あの人、夏月院家のことを聞いたら怒るでしょうねぇ」

鞠江が気まずそうに苦笑いを浮かべた。

「おじいさまって怒るんですか？　いつも笑顔のイメージがありますけど」

「怒ったら怖いのよ。とんでもなく」

「そ、そうなのですね……」

（温厚な人が怒ると手がつけられないって言うしね……）

澪亜は優しい目をしていた譲二が怒る姿を想像し、身震いした。

「とりあえず話はこんなところね。私もずーっと秘密にしてたから、話し始めると止まらないわ。続きは夕飯のときに話しましょう」

「はい、わかりました」

鞠江の笑みを見て、澪亜は素直にうなずいた。

ピアノのレッスンを鞠江から受け、夕食を食べて、澪亜は二階にある自室へ入った。

鞠江の話を聞いて異世界での目標ができた。

それについてまとめようと思い、勉強机の椅子に座る。

ご近所さんに譲ってもらった扇風機がブウゥンと音を立て、澪亜の亜麻色の髪を揺らした。

(魔の森に街道を作る。おじいさまを捜す。異世界ではこれを目標に活動しよう!)

澪亜はアイテムボックスからノートを取り出し、勉強机に広げて、得た情報を書き記した。

メモをつける習慣は母から教わったものだ。

「あとは……現実世界の目標、だよね……。ハァ……夏休みもあと二日で終わりか……」

澪亜は机に両肘をついて、手で頬を押さえた。

あまり褒められたポーズではないが、考えると気が重いのだ。姿勢も崩れる。

いじめっ子である田中純子のことを考えれば考えるほど、胃がキリキリと痛み、気を抜けば弱気になってしまう。

澪亜は席から立ち上がり、古めかしいタンスの戸を開けて、聖水で真っ白になった藤和白百合女学院の制服を見つめた。

純白のブレザーは清廉潔白の象徴だ。

蹴られた痛み。

茶色い足跡。

制服は白く綺麗になったが、心の傷はまだ残っている。

それでも、田中純子にやり返してやりたいとか、そういった発想にはならないところが澪亜らしかった。

(田中さんには、〝もうやめてください〟と、きちんとお伝えしないと……。何度でもあきらめず、伝えよう。お父さまも言ってた……人生、あきらめないことが肝心だって……)

澪亜は父の言葉を思い出していた。

父は「人生、あきらめないことが肝心だ。どんなに困難であろうとも、自分の信ずる道があるなら突き進む。それが平等院家だ」と澪亜がピアノや勉強で壁にぶつかったとき、いつも教えてくれた。

(お父さま……)

どんなに忙しくても、澪亜が相談すれば何時間でも話し相手になってくれる愛にあふれた父親だった。

澪亜は父の凛々《りり》しい横顔と優しい眼差しを思い浮かべ、決して泣くまいと口を一文字にして頬に力を入れた。ここで泣いてしまっては天国にいる父が悲しむと思った。

(田中さんがやめてくれるまで、伝え続けよう)

初めて澪亜は確固たる信念と決意を持って、田中純子と相対することを決めた。

澪亜は気づいていないが、これは彼女にとって大きな前進であった。

(この制服を着るのが、楽しくなるといいな……)

細い指で制服を握る。ゆるいしわが寄った。

すると、田中純子の他に、もう一人のクラスメイトの顔が思い浮かんだ。

何度もフォローしてくれ、自分の立場が危うくなるのも忘れ、助けてくれた人物だ。

彼女との関係も、自分の勇気がなかったせいで踏み込めなかったことに気づいた。

「……」

(あの方がお友達になってくれたら、嬉しいな。学校が楽しくなるかも……)

澪亜は制服から目を離し、机に戻った。

ペンを取って現実世界での目標を書いていく。

(勇気は異世界でもらった……だから、あとは私が勇気を使う番だ)

異世界と現実世界を行ったり来たりして過ごした、澪亜の夏休みは終わる。

窓の外で鳴く鈴虫が夏の終わりを告げていた。

『現実世界の目標／田中純子さんに「やめてください」と伝える。／桃井《ももい》委員長と友人になる』

メモには達筆な字でそう書かれていた。

聖女になった澪亜を見て同級生たちが一体どんな反応をするのか。それは、もう間もなくわかることであった。

20.

20.

九月になり、新学期がスタートした。

澪亜《れいあ》は新調した純白の制服に身を包んだ。

（サイズが合わないことに気づいてよかったよ……。お店にサイズの合う既成品があったのも幸運だね。これも聖女の幸運値と、加護のおかげかな？）

聖女になる前の初期幸運値は10だ。

現在の幸運値６０００と〈ララマリア神殿の加護〉＋２０００のステータスが効いたのかもしれない。

（うん、どこにもしわはない、かな？）

澪亜は鏡の前で制服を確認し、顔を鏡に向けたまま左右に腰をひねった。

純白の制服に、夏用のジャケット、スカート。

胸ポケットに刺繍された校章のシンボルが澪亜の胸に押し上げられている。

痩せて本来のあるべき姿になった澪亜は、どんな場にいても称賛される、美しい女子高生に見えた。

セミロングの亜麻色の髪と、鳶色の瞳が、藤和白百合女学院の制服と見事に調和し、澪亜の整った顔立ちを最大限引き立てていた。膝下のスカートから出ている脚も細くて長い。

（不安だけど、大丈夫。私は聖女だもの。ウサちゃん、フォルテ、ゼファー、おばあさまに新しい勇気をもらった……だから、大丈夫。うん）

澪亜は一つうなずいて、鞄を手に取った。

部屋を出ようと鏡に背を向けて、また振り返った。

「……ちょびっとだけ勇気をもらおう」

澪亜はさっと鏡を通って異世界に行き、裏庭で日向ぼっこをしてたウサちゃんをもふもふして、また現実世界に戻ってきた。

「これでよし」

ウサちゃんに〈癒やしの波動〉をもらい、緊張がほぐれた。

タンタンタン、と軽やかに階段を下りて玄関に行くと、鞠江が居間から廊下へと顔を出した。

「新学期ね」

「はい。新学期です」

「ナンパには気をつけるのよ」

「ありがとうございます。ナンパはされませんのでご安心ください」

澪亜は自分の容姿への自信がゼロである。

鞠江の言葉を軽く聞き流して、そんなことあるわけないですよ、と言いたげな目を向けて靴を履いた。鞠江は「そのうちイヤでも気づくわね」とつぶやいて含み笑いをしている。

「それでは、行って参ります」

「はーい。いってらっしゃい」

澪亜は二学期の始まる女学院へと向かった。

○

藤和白百合女学院の向かいには、日本屈指の進学校である男子校がある。

二つの学校の最寄り駅では、白の制服と、黒の学ランが改札口から次々に出てくる。登校時間には白の制服と黒の学ランが同じ方向に向かう光景が日常であった。

「あー、眠い」

そんな中、一人の青年がつぶやいた。

（学校だる……アプリ作って徹夜かぁ……）

改札から出て学校に向かう、名門校の男子高校生が大きなあくびをして、鞄を持ち直した。

彼は自主制作でアプリ開発を趣味にしている前途有望な生徒だ。

（勉強、勉強、むさい男のみの校舎……男子校にしたの失敗だわ……マジで共学にすればよかった）

彼は前進する黒と白の学生服を横目で眺めながら、気だるげに歩く。

日々の生活は楽しいが、いかんせん女っ気がない。

そのせいで趣味のやる気がいまいち出なかった。

美人の多い向かいのお嬢さま校との合コンを期待していたが、そんなものあるわけもなかった。

（白百合の女子、ガードが硬すぎだろ）

まず女子校との接点がない。

加えて男子校は勉強特化の学生が多いため、女の子とのコミュ力レベルが低かった。ナンパなんてできるはずもなく、可愛いＪＫを横目に見て目の保養をするだけだ。

だらだらと道を歩いていると、背後に奇妙な感覚を覚えた。

すさんでいる彼の心に優しく語りかけてくるような、そんな不可思議な波動を感じる。

今まで味わったことのない奇妙な感覚に、彼は何気なく首をひねった。

（なんだ……？）

振り返ると、ちょうど後ろを歩いていた、藤和白百合女学院の女子生徒と目が合った。

「あ………っ」

思わず彼の口から声が漏れた。

目の合った女子生徒が、あまりにも美しかったからだ。

大きな鳶色の瞳、ピンク色をした小さな唇。亜麻色の髪はさらさらで歩くたびに揺れている。姿勢が良く、スタイルも抜群だ。歩く姿でお淑やかさと育ちの良さが見て取れた。

「……」

一見すると高貴な人物に見えるも、どこか人懐っこさを覚える雰囲気に、説明しがたい感情が彼の全身を駆け巡った。

しばらく見つめていると、彼女がこてりと小首をかしげた。

（やばっ……俺、見すぎ……！）

彼が目を離そうとした瞬間、慈愛の眼差しが彼を射貫いた。

彼女は大きな目を細め、誰しもが安心するような微笑みを浮かべた。

「おはようございます」

鈴の鳴るような声で、彼女が言った。

彼はひねっている首をそのままに、全自動的に前へ進む。

思考停止して何度もまばたきをした。

(俺？　俺に言ってる？)

数秒して気づき、あわてて口を開いた。

「おお、おはようございます！」

大きな声で返事をしてしまい、彼は恥ずかしくなって目をそらした。

近くにいた生徒がちらりと彼を見る。

(ダサっ。挨拶焦るとかクソダッサ！)

やっちまったと顔をそむけると、彼女は「まあ」と目を見開いて口元を手で隠し、その後に「元気な方ですね」と笑みを浮かべ、「おはようございますっ」と語尾をちょっと上げる口調で返してくれた。

このとき、彼の中にあった恥ずかしさ、気だるさは秒でかき消えた。

続いてリラックス効果なのか、次から次へと趣味のアイデアが浮かんでくる。

「ごきげんよう」

彼女はそう言うと、横断歩道を渡って女学院の校門をくぐった。

（あれは……天使……いや、聖女か……？）

その少女が聖女であることを彼は知らないし、彼女がスキル〈癒やしの波動〉〈癒やしの微笑み〉〈癒やしの眼差し〉をオート作動させたことを知る由もない。ちなみに言うと、彼女自身もわかっていない。

（見るだけで幸せになる子っているんだな……あの子のことは今後聖女と呼ぼう……）

彼はこの幸福感を誰かと分かち合いたくて、近場にいた大して仲の良くないクラスメイトに声をかけた。

「おい、女子校に聖女がいるぞ――」

「はあ？」

怪訝な顔をするクラスメイトを尻目に、彼は女学院へと振り返る。ちょうど校舎へ消えていった亜麻色の髪を眺め、彼は足取り軽く男子校の校門をくぐった。

数十秒のやり取りであったがこの出来事は、彼に鮮烈な印象と記憶を残し、その後、彼の人生に大きな影響を与える。彼が聖女をモチーフにしたゲームアプリで日本中に名を轟《とどろ》かすのは、もう少し後の話である。

21.

見知らぬ男子学生と挨拶をした澪亜は、女学院の校門をくぐった。

家から学校に来るまでかなりの視線を浴びているのだが、澪亜の頭の中は、田中純子と桃井委員長のことでいっぱいだった。

（挨拶して緊張がほぐれた……。あの方には感謝しないとね）

彼との挨拶で周囲を気にする余裕が生まれた澪亜は、女学院の校舎に向かって歩く純白の生徒たちを眺めた。

夏休み明けともあっていつもと違った、浮き立った空気に包まれている。

一人で歩く女子、グループで楽しげに登校する生徒など、実に様々だ。休み中、海外旅行に行ったのか、お土産を配って歩いている子もいる。

（楽しそう……）

学校に自分の友達はいない。

そう思うと胸の奥がちくりと痛んだ。

（でも大丈夫。フォルテとゼファー、あとウサちゃんもいるものね）

ウサちゃんのもふもふした白い毛を思い出し、澪亜はちょっと楽しい気持ちになれた。

「ちょっと、あの子だれ？」「転校生？」「あの髪の色……一年生にいた気がするけどあの子じゃないよね？」

澪亜の存在に気づいた生徒は、その美しさに見惚《みと》れ「あんな子、学校にいたっけ」と囁《ささや》き合っている。

物思いに耽《ふけ》って歩いていた澪亜はそんな声に気づかず、下駄箱に靴を入れ、学生鞄へ手を入れた。

（アイテムボックスさん――）

鞄の中でアイテムボックスから上履きを取り出し、丁寧に揃えて履いた。

（せっかくの能力だもの。使わないとね）

澪亜は自分のクラスへと足を向け、廊下を歩く。

始業チャイムの前なので、何人もの生徒が階段を上がり、話し声や挨拶の声がそこかしこから聞こえる。

廊下のリノリウムが上履きと擦れる感触を足裏に感じながら、教室の前に到着した。

（大丈夫……痩せたから、田中さんの仕打ちもきっとなくなる。ダメでも伝える）

澪亜は立ち止まり、教室の部屋番号が書かれたプレートを見上げた。

プレートには１－Ａと刻印されていた。

（委員長の桃井さん……後で話そう。田中さんに見られないところで……）

澪亜はよしとうなずいて、父が言っていた「決めたことは最後までやり通す」という言葉を胸に、ガラリと教室のドアを開けた。

教室は八割ほど埋まっていた。

グループに分かれてクラスメイトが談笑している。田中純子の姿はない。

クラスメイトは誰か登校してきたな、と何気ない視線をドアへ向け、そこにいた澪亜を見て全員が口をつぐんだ。

しん、と周囲が静かになる。

(あれ？　いつもと違う空気が……)

だいたいのクラスメイトは事なかれ主義のため、澪亜に興味を示さない。

理由は、田中純子のグループからの報復を恐れているからだ。

下手に澪亜と関係を持つと、後から何をされるかわからないため、保身で澪亜と距離を取っていた。澪亜にまめまめしく話しかけるのは桃井委員長ぐらいであった。

ちなみに質《たち》の悪いことに、田中純子の父親は他業種に顔が広い、財閥企業の代表取締役社長であった。その手の権謀術数に精通している。入学してすぐの頃、純子は歯向かってきた女子生徒の親を父親の権力で退職に追い込み、転校させたことがある。

自分の望みは叶《かな》う。

自分は特別な家に生まれた。

そんな驕《おご》りが彼女の性格を歪ませるに至っているのは容易に想像ができる。

十六歳の世間知らずな女子が増長するには、十分な環境であった。

(田中さんはいないし、ここはきちんと……)

「おはようございます」

澪亜は勇気を出して一礼すると、クラスメイトが困惑した表情で「おはようございます」「ごきげんよう」などの返事を散発的に返してきた。

(よかった。挨拶できた)

21.

ホッとため息をついて、澪亜は真ん中の列の一番後ろである自分の席へついた。

それにはクラスメイト全員がぎょっとした顔を作った。

「あそこ平等院さんの席よね……？」「あの可愛い子、クラスを勘違いしてるんじゃなくって？」

「顔が小さいわ。胸が大きいわ」「転校生かしら」

そんな声に気づかず、澪亜は緊張した面持ちで鞄を机のフックに引っ掛け、隣の席に座っている委員長——桃井ちひろへ顔を向けた。

「おはようございます、桃井さん」

「……」

澪亜が教室から入ってきて、ここに座るまで、ずっと口を開けて見ていた桃井ちひろは、あまりの驚きに持っていたシャーペンをぽとりと落とした。

シャーペンがころころと澪亜の足元まで転がる。

（桃井さん？）

澪亜は拾い上げ、髪を指でかき上げると、そっと差し出した。

「落としましたよ？」

「……ええ、ありがとうございます」

桃井ちひろは癖のない黒髪のロングヘアを何度か手で撫でつけて、シャーペンを受け取った。やや吊目がちの大きな瞳には驚愕《きょうがく》と困惑が浮かんでいる。

彼女は学級委員長を任命されるだけあり、成績優秀で、頼れる女子生徒だ。

眉がきりりとまっすぐ伸びているところも、どこかストイックな印象を受ける。クールビューティーな大和撫子《なでしこ》と校内でも注目されていた。

美人で頼りがいのある彼女が驚いている顔は、澪亜には新鮮で、ちょっと可愛いなと思った。

(今ならお話ができる。ええっと、何から話せばいいんだろう……)

「あの、桃井さん?」

澪亜が話しかけると、ようやく桃井が我に返った。

彼女はまっすぐ伸びた眉毛をやや下げて、探るような声を出した。

「えっと……ひょっとして……平等院さん……?」

「はい。平等院です」

「……ッ!　……ッ!」

桃井は夏休み前と今とで澪亜が変わりすぎていることに驚き、声にならない声を上げて澪亜の全身を眺めた。

身体のパーツすべてが丸々としていて、田中グループに「マシュマロ子豚」とか呼ばれていた一学期とはまるで別人だ。

「ちょっと、色々あって瘦せることができました……」

澪亜が恥ずかしそうにうつむいた。

桃井は自分の考えた理論が正しいと証明された数学者のように何度もうなずいて、おもむろに口を開いた。

「平等院さん……おめでとうございます。よかったですね」

「はい……」

桃井は澪亜が「ブス」「デブ」と純子たちに言われるたびに心を痛めており、彼女の努力が実ったことを自分のことのように称賛し、喜んだ。

「とんでもないことになるわよ……これは……」

そして二言目には、これから巻き起こる嵐を予想して、言葉が漏れた。

「あの田中が平等院さんを見て何を言うか……」

（桃井さんに今までのお礼と、これからのことを言わないと……）

「あのぉ、桃井さん？」

「なんでしょう？」

桃井が顔を上げた。

「これからは、私からもあなたに話しかけて、その……いいですか？」

澪亜は気恥ずかしさから、上目遣いになってしまう。

桃井はそれを見て、もともと澪亜が優しくて可愛い性格をしていると思っていたことにプラスして、美少女の上目遣い、さらには聖女の魅力値と〈癒やしの波動〉のコンボをまともに食らい、変な声が漏れそうになって両手を口で覆った。

「桃井さん、あの、ごめんなさい……いつも話しかけてくださったのに、急にこんなこと言い出して……。虫のいい頼みだとわかっているのですが、どうしても、その……」

「ええ、ええ、大丈夫です。オーケーオーケー。落ち着いてください」

「は、はい」

どちらかというと落ち着くのは桃井委員長である。

「もちろんです。私も平等院さんともっと話したかったんですよ？」

「本当ですか？　嬉しいっ！」

パアアッと花が咲くような笑みを浮かべ、澪亜が両手をぽんと胸の前で合わせた。

桃井は澪亜の満面の笑みを初めて見て、〈癒やしの波動〉〈癒やしの微笑み〉〈癒やしの眼差し〉のトリプルコンボを真正面から受けた。

「あッ――」

桃井は澪亜の身体が発光している姿を幻視し、言いしれない多幸感が胸に広がった。

コンマ数秒であるが、彼女はラベンダー畑で白いワンピースを着た自分がアハハ、アハハと笑いながらくるくる回っている光景を見た――ような気がした。

どうにか意識を引き戻すと、取り繕うように桃井委員長が咳払《せきばら》いをした。

「ごほん、おほん……でもどうしてですか？　前は話さないほうがいいと言っていたのに……」

「私、夏休みに勇気をもらったんです。私が桃井さんと仲良くしてはいけないとわかっているんですが、それでも、桃井さんの気持ちに応えないのはおかしいのではないかと思って」

「平等院さん……。私に気をつかわなくていいと、何度もお願いしたのは覚えていますか？」

二人の関係性はかなり微妙である。

桃井委員長は澪亜の性格が好ましくて友達になりたいと思っていた。

しかし、田中純子がそれを許さなかった。

桃井の父が経営する会社は、田中の父親の会社が大口取引先なのだ。田中が取引をやめて悪い噂《うわさ》を流せば、ドミノ倒しに他会社も撤退し、収入が減る可能性が高い。赤字は免れないであろう。最悪、倒産の憂き目に遭う。

澪亜は純子から何度も「桃井委員長と仲良くするなら、お父さまに言ってあいつの親の会社を潰す」と言われていた。徹底的に澪亜を追い詰める作戦なのだろう。性根が悪い。

それからというもの、桃井から話しかけられ、フォローしてもらったが、澪亜は彼女のためを思って最低限のかかわりで済ませていた。

「私、思ったんです。秘密の関係ならいいのではないかと……！」

澪亜が声を小さくして、囁《ささや》いた。

「田中さんに見つからないようにこっそりと……お話ができたら嬉しいです」

「秘密の……」

桃井は澪亜から歩み寄ってくれたことが嬉しく、また、澪亜のいじめを粉砕できない自分の立場を苦々しく思った。すべての元凶は田中純子である。

二人は黙り込んだ。

それとなく話を聞いていたクラスメイトも談笑へと戻っていく。

始業の一分前になり、ガラリと大きな音で教室の扉が開いた。

「あーあ、ハワイから帰ってきて時差ボケ～」

そんなことを言いながら、背の高い女子生徒と、取り巻きの三人が入室する。

(田中さん……!)

澪亜は彼女の姿を見て、全身が冷たくなった。

22.

田中純子が入ってきてすぐに、担任の教師がやってきてホームルームが始まった。

四十代の眼鏡をかけた女教師は、これから始まる新学期に鬱々としているのか覇気がない。

彼女も一人の女子生徒——田中純子を持て余していた。

「今日から新学期ですね。それでは点呼を取ります。荒巻《あらまき》さん——」

クラスメイトの点呼が続く。

澪亜の番になり、教師が名前を呼んだ。

「平等院さん——」

「はい」

教師が名簿から顔を上げて、いじめられっ子である澪亜をちらりと確認する。

そこで彼女の動きが完全に止まった。

「……？」

視線の先にいたのは亜麻色の髪をした美人な生徒だ。

教師は名簿と澪亜へ視線を行ったり来たりさせ、もう一度呼ぶことにした。

「平等院さん」

「はい」

「……」

確かに、彼女の席に座る生徒が応えている。

よく見れば、亜麻色の髪、瞳の色が以前の太っていた彼女と一緒だ。

それに気づいて、「夏休み明けに雰囲気がガラリと変わる生徒がいるものよ」という先輩教師の言葉を思い出し、澪亜の努力を想像してうなずいた。

次の生徒へ点呼を移ろうとしたそのときだった。

「はあっ？」

不快感を丸出しにした、人を小馬鹿にした声が前方の席から聞こえた。

窓際、一番前の席に座る田中純子だ。

「あなた誰？」

クラスがしんと静まり返った。

ホームルーム中であるのに、田中は振り返ってじっと澪亜を睨《にら》んでいる。

「なぜ平等院さんの席に座ってるのかしら？」

純子は整った顔立ちではあるが、凹凸の少ない顔のパーツを化粧で補強している。毎朝プロのメイクアップアーティストにナチュラルメイクをさせていた。優しい印象を与えるようなメイクをしているにもかかわらず、増長した性格からか、全体的にキツい印象を受ける。背の高さも威圧感の補助になっていた。

教師の前では言葉づかいをそれなりにしているところが小狡《こずる》い。

「あなた、平等院？」

澪亜は田中に呼ばれて、緊張から喉を鳴らした。

（田中さん……また、いじめられる……）

それでも、澪亜は彼女を見て、すぐに教師へと視線を戻した。

やはり聖女になったおかげだろうか。大きく跳ねた胸の鼓動が即座に収まってくれる。

よくよく考えれば、純子の存在は先日異世界で退治したデビルマーダーグリズリーに比べれば可愛いものだ。

（ふう……大丈夫。私には異世界がある。聖女にもなった。だから、大丈夫）

異世界の存在を思い出し、澪亜は背筋を伸ばした。

「田中さん。今はホームルーム中ですよ。次、古川《ふるかわ》さん――」

女教師は騒ぎになるのはたまらんと、点呼を再開する。

田中純子は乗り出していた身を椅子へ戻し、怒りを覚えているのか拳を握りしめていた。

○

ホームルームが終わって教師が教室から出ていくと、田中純子が真っ先に澪亜の席に近づいてきた。

「おまえ……平等院澪亜か？」

「はい」

純子が睨み、取り巻き連中が後ろに集まってくる。

（あれ？　なんか、平気かも？）

純子と相対した際に必ず感じていた絶望感や、みじめな気持ちが湧いてこない。

純子の存在が、なぜだか希薄に思えた。

感じるのはスキル〈邪悪探知〉による警告だ。本来、魔物や瘴気《しょうき》に反応するスキルが純子にも反応している。汚れた心が澪亜に向けられ、スキルが反応したのかもしれない。

「おまえ何したんだよ？」

「何とはなんでしょう？」

澪亜がこてりと首をかしげる。

「……」

桃井委員長が緊張した面持ちでやり取りを見つめ、クラスメイトも全員が注目していた。

純子は席に座っている澪亜の美しい相貌、サラサラの髪、くびれたウエスト、カモシカのような健康的で長い脚を見て激昂《げきこう》した。

「てめえ何様のつもりなんだよ！　まだご令嬢を気取ってるつもりかぁ?!」

噛《か》み付くように純子が吼《ほ》えた。

以前までデブで最底辺だと思い込んでいたクラスメイトがモデルとグラビアアイドルのいいとこ取りをしたスタイルになり、顔も自分より美しくなっている。そんな事実を認めたくなくて、純子の心にあった小さなプライドがざわついた。

「整形でもしたのか?!　何とか言え、おい！」

ガン、と澪亜は座っている椅子の脚を蹴られた。

教室から息を飲む声が聞こえる。桃井委員長が純子を睨んで、口を開こうとした。

だがその前に、澪亜が顔をひねった。

「いえ、ダイエットに成功しました。これでデブと言われずに済むかと思います。ご迷惑をおかけいたしました」

ぺこりと一礼する澪亜。

迷惑なのは間違いなく純子のほうである。太っていたことは何も悪くない。澪亜はいつでも素直で優しい女の子だった。

自分の剣幕にうろたえない澪亜の落ち着いた態度に、純子は顔を真っ赤にした。

「どんなに痩せようがおまえはブスなんだよ！　二度と学校に来んなって言ったの忘れたのか?!」

「田中さん。一生徒に生徒の登校を決める権利はありませんよ？」

「私が来るなって言ったら来んじゃねえ！」

澪亜の正論が気に食わなかったのか、純子は手を振り上げ、澪亜に平手打ちをしようと振り下ろした。

「な――ッ！」

澪亜の隣に座っていた桃井が咄嗟《とっさ》に立ち上がる。

それよりも早く、澪亜が魔法を使った。

（ほっぺたに結界魔法――！）

不可視の結界が澪亜の頰に展開される。

（レベルが上がったからかな？　動体視力が良くなっているみたい）

澪亜の目には純子の平手打ちが遅く見えた。

さすがの澪亜も暴力は許せる行為ではない。自衛ができるならしたいと常々思っていた。

やり返すなど思いもつかない澪亜にとって、結界防御は素晴らしかった。

――バィンッ
「きゃああっ！」

結界に平手打ちが触れた瞬間、純子は手を弾かれ、反動で横に一回転し、予期せぬ結界の威力にたたらを踏んですっ転んだ。

ドタンバタンと音を立てて壁際のロッカーにぶつかり、スカートの中を丸出しにしてひっくり返った。

「……」「……」「……」

取り巻き連中も突然のことに開いた口が塞がらない。

純白の誇り高い制服姿で、誰もしたことがないであろうポーズはひどく滑稽だった。

傍から見ると、平手打ちした純子が足をもつれさせて鈍臭く一回転し、すっ転んだようにしか見えない。

クラスにはお嬢さまのぽかんとする顔が並んでいる。

そして、純子の行動をよく思っていない生徒がほとんどだ。次第に皆の顔は笑いをこらえる表情へと変化していった。

「ぷ……ぷぷーっ……」

桃井委員長が爆笑をこらえているのか、口の端から空気を漏らしている。

彼女は校内きってのクールビューティーだが、大のお笑い好きであった。これは誰も知らない。

今の状況は耐えがたい笑いのシチュエーションらしい。

(まあ……ど、どうしましょう……)

桃井が腹筋崩壊の危機と闘っているとき、澪亜はとんでもないことをしてしまったと、おろおろしていた。

暴力はいけないが、スカートの中身丸出しでひっくり返すつもりは毛頭なかった。

(聖魔法——治癒)

小さなヒカリダマをこっそり飛ばし、純子を回復させる。

パッ、とヒカリダマが純子の丸いヒップに当たった。ヒカリダマはちょっとイヤそうだった。

ぴくりと動いた彼女を見て、フリーズしていた取り巻き連中が駆け寄った。

「純子さん！」「大丈夫？」「平気⁉」

取り巻きに助け起こされ、純子が乱れた髪を直した。

「……マジなんなの！」

スカートも直し、純子が澪亜を睨む。

（また平手打ちが来る……結界魔法を……ああ、でもまた田中さんが倒れたら大変！）

澪亜はぎゅっと目を閉じた。

今度は桃井委員長がポケットからスマホを素早く取り出し、動画撮影ボタンを押した。

ポーン、という録画音が響く。

「暴力は犯罪です。さすがのあなたも動画を撮られては言い逃れできませんね？」

「……桃井……あんたわかってやってんの？」

手を止めて、純子が桃井を睨んだ。

眉間にしわを寄せるいじめっ子と、怜悧《れいり》な委員長の視線がぶつかる。

「あんたんちの会社、パパの会社がでっかい取引先なんだけどな〜。しかも他の会社もパパの言うことに逆らえないし〜」

純子が桃井に顔を近づけた。

純子は身長１７０㎝だ。標準身長の桃井は見下ろされる形になった。

「この意味わかんないんですかぁ？」

「私もどうかしていました。好きにしたらいいのではないですか？　どうせパパの力がないと何もできないのでしょう？」

「あんた自分が何言ってるのかわかってんの？」

「ええ、わかっています。あなたが無様に一回転してひっくり返ったのもこの目で見ていました。運動神経が悪いのですか？　パーソナルトレーニングジムをご紹介しましょうか？　それともお笑い新喜劇のほうがよろしいですか？」

桃井委員長が眼光鋭く睨むと、純子が胸ぐらをつかんだ。

「あんたねぇ……！」

純子は耳まで顔を赤くしている。

今にも右手の拳が出そうであった。

（桃井さん……どうしましょう……！）

澪亜は今までの人生で一度もこんな状況になったことがなく、困惑して二人のやり取りを見つめる。

純子に呪い殺されそうな視線を浴びても桃井委員長は平然と見つめ返し、口を開いた。

「今日、平等院さんが勇気を持って私に話しかけてくださいました。だから私もその勇気に応えるまで。それに平等院さんはこんなにも痩せた——そんな努力を見て感化されない人間がいるのでしょうか？　ああ、目の前にいましたね」

「――ッ！」

ナチュラルメイクで整えた顔を歪ませ、純子が右手を振り上げた。

クラスメイト全員が息を飲む。

（ダメ――）

澪亜は咄嗟に動いた。

自分が殴られるならまだしも、他人が殴られる姿は見たくない。

澪亜の長い腕が伸びる。

聖女レベル60の動体視力は飾りではない。一般女子生徒の拳に割り込むなど、わけなかった。

――バチッ

手と手がぶつかる音が響いた。

澪亜は右手で純子の拳を止めた。

衝撃を覚悟していた桃井が目を見開いて「平等院さん……？」とつぶやく。

まさか澪亜が邪魔してくるとは思わなかったのか、純子も止められた拳を見て驚愕《きょうがく》し、目を細めた。

「……平等院。何様？」

「もうやめてください、田中さん」

澪亜が純子を見つめた。

23.

やめてくださいと言われた純子は、澪亜に握られていた拳を振り払い、つかんでいた桃井のブレザーを突き押すようにして離した。

「——！」

桃井委員長が驚いてよろける。

隣にいた澪亜が素早く右腕で抱きとめ、今一度、純子を見つめた。

「田中さん……もうやめてください。あなたは何のためにこのようなひどい行動をするのですか？誰のためにもなりません。きっと……自分自身のためにもなりません」

澪亜は純子の行動を疑問視し、心配しているだけだ。

「……」

曇りのない視線を全身に浴びて、純子は心の核心部分を突かれた気がし、何も言えずに奥歯を噛み締め、澪亜を睨《にら》んだ。

澪亜の目を見たクラスメイトたちも、自分が今まで澪亜を助けず見て見ぬふりをしてきた事実を提示された気がし、恥ずかしくなってきた。自分自身が問われている気がした。

数秒の間が空いて、背後にいた取り巻き連中が声を上げた。

「元デブスが何様？」「説教とか笑えますわ」「黙れよ」

何も感じないのか、彼女たちがくすくすとわざとらしく笑い出す。

それを聞いて純子がどうにか息を吹き返した。

「没落令嬢のブタが何偉そうに言ってんの？　やめてくださいでやめるわけないよねぇ？　そんなこともわからないんですかぁ？」

純子は言っていて調子が戻ってきたのか、口の両端をにやにやと上げた。

「クソな両親からなんにも教わってないとか笑えるんですけどぉ～。ああ、バカだから死んだんだっけ？　家丸ごと乗っ取られるとかマジで笑える～」

ケラケラと純子が笑う。

取り巻き連中も追随して笑い出す。

純子と取り巻き連中の女子三人は、この言葉で澪亜がどれだけ傷つくかを知っている。言葉の凶器をおもちゃのように使って楽しんでいた。

「……」

澪亜はスキル〈邪悪探知〉が純子に反応しているのを感じながら、桃井を抱いている右手に力を込めて、純子を見つめ返した。

「私はあなたがやめるまで言い続けます。決めたことを最後までやり通す、あきらめない――それが平等院家の教えです。他の方に手をあげることも許しません」

（お父さまにはあきらめない心を教えてもらった。お母さまには人に優しくし、愛を与えることを教えてもらった……。私には勇気が足りなかった。だから、もう、逃げない……！）

澪亜の毅然《きぜん》とした態度に、純子、桃井委員長、取り巻き連中が目を見張った。

今までの澪亜は何となく惰性で「やめてほしい」「よくないことだ」と言い返してきたが、今回は心持ちがまったく違う。異世界で得た自信と、父の言葉を胸に、堂々と背筋を伸ばしている。

聖女の補正も効いているのか、言葉の重みは、弱者のそれではなかった。

「ハァ？　許すとか——誰に向かって言ってんだよ！」

純子がたまらず平手打ちを繰り出した。

隣にいる桃井が「あ」と声を上げる。

澪亜は冷静に動きを見て、空いている左手で純子の平手打ちを止めた。

手首をつかんで、純子の目をじっと見つめる。

「暴力はよくありません。やめてください」

（本当は手首をつかむのもしたくないけど）

「——ッ」

純子は手を引こうと力を入れる。

だが、澪亜の左手はびくともしない。聖女レベル60の身体能力は圧倒的だ。

「ふざけんなっ。離せ！」

いつでも殴れる存在だった澪亜があっさりと自分の腕をつかんでいる。

この状況が許しがたく、純子は顔を真っ赤にして手を振りほどこうと動かす。

「……」

澪亜がパッと手を離すと、純子は反動でふらついた。

相手の手首が痛くならないよう、澪亜は離れる瞬間に治癒をかけた。

「……こんなことしてタダで済むと思うなよ」

「もうやめてください。誰のためにもなりません」

「さっきからうるせえんだよ」

つかまれた手首が気になるのか、左手でさすりながら純子が澪亜を睨《にら》んだ。

「――」

鳶色の目がじっと純子を見つめている。

美しい瞳に怒りや悲しみは浮かんでいない。

慈悲を乞いたくなるような深い何かが見え、純子は気圧《けお》されそうになって「チッ」と舌打ちをしてどうにか心の平衡を保とうとした。

それでも自分の気持ちが動揺しており、それを認めることもできず、プライドをかき集めて次の言葉をひねり出した。

「……後悔させてやる」

純子は澪亜に肩を抱かれている桃井へと視線をずらし、にやりと口を歪《ゆが》めた。

「すぐに貧乏人だ。バカが」

若い女性がする表情とは思えない仄暗《ほのぐら》い顔をし、純子が吐き捨てるように言って背を向ける。鞄《かばん》を手に取って、そのまま教室を出ていった。

取り巻き連中の三人があわてて後を追う。

四人が教室からいなくなり、ようやく空気が軽くなった。

クラスメイトたちも緊張がとけて、各々のグループごとに集まって始業式のある体育館へ向かう。

「田中さん……なぜあんなことを……」

どうして他人を傷つけねば気が済まないのか。何があそこまで彼女を駆り立てるのか。澪亜には理解できなかった。

「……平等院さん？」

「桃井さん。お怪我はございませんか」

澪亜は自然な手付きで桃井の背中をさすった。

「え……ええ、大丈夫です。あなた、護身術を習っているの？」

「どうやら私、目がいいようです」

「そうなんですね……」

「桃井さんに怪我がなくてよかったです」

「それよりも……そろそろよろしいでしょうか？　役得な気はするのですが、皆さんの視線が痛くなってきました」

澪亜が桃井の顔を覗き込む。

表情は凜々しいままだが、ずいぶんと顔が赤くなっていた。

なんだろうと澪亜は小首をかしげて教室を見回すと、二人の様子を横目で見ていたクラスメイトたちが顔をそむけた。

（あっ――）

澪亜はずっと桃井の肩を抱いていることにやっと気づいて、手を離して顔を真っ赤にした。

「その……申し訳ありません……。つい、背中を撫《な》でてしまい……」

（ウサちゃんを抱いている癖がこんなところで……恥ずかしい……。桃井さんに申し訳ないです……）

「ええ、ええ、大丈夫ですもちろん。オーケーオーケー、落ち着いてください。Be cool」

桃井委員長はクールな表情はそのままに、やたらといい発音でビークールと言って、何度も制服のしわを直した。

「Be cool」

澪亜もネイティブの発音で言い、席に腰を下ろした。

桃井が深呼吸をして平常心を取り戻すと、彼女も椅子に座って、持っていたスマホを澪亜へ見せた。

「もう少しで決定的な映像が撮れました」

スマホの動画は澪亜が割り入ったので、肝心なところが真っ暗になっていた。

「……桃井さんが叩かれるのを黙って見ているわけには参りません」

「平等院さん……かばってくれて、嬉しかったです。ありがとうございました」

桃井委員長がにこりと笑みを浮かべた。

「そう言っていただけて嬉しいです。やっと……桃井さんのお役に立てました」

「そんなことを気にしていたんですか？」

桃井が黒い瞳を澪亜に向けた。

「私は自分の好きなように行動してきただけです。いつもいつも中途半端な手助けしかできず……私こそ恥じるべきでした……」

桃井がつぶやいてスマホをポケットにしまった。

（田中さんの最後の言葉……もしご家族の会社に何かあったら……）

「気にしないでください、平等院さん」

澪亜の視線に気づいた桃井が言った。

「我が家の教育方針は、信念を貫く、です。お父さまならきっと私と同じことをします。だから、今まで黙っていたのがおかしかったんです……。どうかしていました」

そう言ってくれた桃井の表情は晴れやかだった。

一学期、彼女は彼女なりに葛藤していた。澪亜を助けたかったが、父親の会社が危ない。そのせいで、澪亜との関係を踏み出せず、中途半端な状態で夏休みを迎えてしまった。そのことを後悔していたのだ。

澪亜は心配と感謝の思いが膨らんでいく。

「ありがとうございます。でも、あまり目立つことはしないでください。私なら大丈夫ですからね？　今までも耐えてこれましたから」

そう言ってはにかむ澪亜の笑顔を見て、桃井委員長はちょっと頬を赤くした。

クラスメイトたちもなぜか頬を染めていた。

24

始業式が終わり、生徒たちが三々五々、教室から出ていく。

クラスメイトは純子たちがいないことに安堵した様子で、仲良しグループで帰っていく。お嬢さまたちはきっと澪亜と純子の話に花を咲かせるであろう。

(何度でも言い続けよう)

澪亜が純子のことを考えていると、隣の席の桃井委員長が話しかけてきた。

「平等院さん？　今日、この後ご用事はありますか？」

「いえ、特にありませんよ」

「その、よければなんですが、一緒に帰りませんか？」

桃井委員長は凜《りん》とした相貌を恥ずかしげに伏せ、頬を赤くしている。

一学期からずっと澪亜を誘いたかった彼女にとって、念願を叶える言葉だった。自然に言ったつもりが妙に澪亜を意識してしまい、きっぱりした性格の彼女らしくない言い方になった。

「え……そのぉ、いいんですか？」

澪亜は驚いた。

まさか彼女のほうから誘ってくれるとは思っていなかった。

「ええ、平等院さんさえよければ」

「まあ、まあ！　もちろんです！　嬉しいっ」

澪亜は興奮した様子で頬を赤くし、うんうんと何度もうなずいた。

大きな瞳が喜びで弧を描き、〈癒やしの波動〉〈癒やしの微笑み〉〈癒やしの眼差し〉が全開で発動する。魔力もちょっと漏れてしまい、ヒカリダマが何粒が浮いて消えた。

「〜〜〜っ」

桃井委員長はこんなにも素直に喜ぶ澪亜を見て、嬉しさが伝播《でんぱ》し、思わず口を右手で押さえた。

可愛すぎてどうにかなりそうだわ、と心の中でつぶやいている。澪亜から光が漏れた気がするが、教室に差し込んだ日光の具合だろうとあまり気にしなかった。

「あの……そんなに喜んでもらえるとは思いませんでした」

「はいっ。桃井さんと仲良くなりたいってずっと思っていたんです。それが桃井さんからお誘いいただけるなんて……感激で天まで昇る気持ちです」

「オーケーオーケー、落ち着いて、落ち着いてください」

「はい。落ち着きますね」

ニコニコと笑みを浮かべ、邪気のない顔を桃井に向ける澪亜。

落ち着きたいのは桃井委員長のほうである。

「直視していると私の心臓が危険な気がするわ」

「どこかお加減が悪いのですか？」

（それは大変だよ。こっそり聖魔法を使ってあげないと……！）

「ああ、ごめんなさい。そういう意味じゃなくって……。そうそう、平等院さん、あまり遅くなると見回りが来てしまいます。行きましょう」

「そうですね、参りましょう」

桃井委員長が鞄を手に取ったので、澪亜もそれに続く。

二人で教室から出て、昇降口に向かった。

「それにしても……平等院さん、本当に変わりましたね。前からお嬢さまオーラがありましたが、今は違うものも感じます。神々しいと言えばいいのか……。あと、なんというか、理想体型というか、細いけど出るところは出てるというか……」

桃井がしげしげと澪亜を眺める。

「あ、ひどいですよ。まだお肉が残ってるのがバレちゃいましたか？」

澪亜はそう言って、自分のお腹をむにっとつまんだ。

全然わかっていない。

「平べったいです。お肉なんてどこにあるのかしら？」

「ちょっとつまめますよ？　昔はもっとぷにぷにでしたけれど」

「そんなことないと思います――」

桃井が澪亜のお腹をちょいとつまんだ。

少しだけつまめる。ほんの気持ち程度だ。

「あ……あのぉ……あ……く、くすぐったいですよ？」

「あ、ごめんなさい。つい」

澪亜が顔を赤くしたので、桃井はパッと手を離した。

「それよりもお加減は問題なさそうですか？」

「平気です。そんなに心配しないでも大丈夫です。言葉の綾《あや》ですから」

（聖魔法――治癒）

心配性の澪亜は見つからないように自分の背中に手を回し、桃井の身体へ治癒を使った。ヒカリダマが喜び勇んで彼女に飛び込んでいく。田中純子とはえらい違いだった。

桃井委員長はビクンと身体を跳ねさせた。

「……？」

「どうかされましたか？」

「いえ、急に身体が軽くなったから……変だなと思いまして」

「そうですか。それはよかったです」

うふふと笑う澪亜を見て、桃井はそれ以上何も言わずに下駄箱に向かい、自分のロッカーを開けて革靴を取り出した。

「平等院さん、ごめんなさい」

「何がですか？」

濡亜はロッカーを開けようとしていた手を止めて、桃井を見た。

桃井の目は真剣だった。

「もっと早くあなたとこうして……話すべきでした……。一人でつらかったでしょう？」

「……桃井さんが私の救いでした……だから、そんなこと言わないでください」

濡亜は長いまつ毛を伏せた。

一学期、いじめられている自分を何度もフォローしてくれたのは彼女だ。

田中純子のいじめが始まろうとするタイミングで教師を連れてきてくれたり、クラスの手伝いに誘ってくれたりと、感謝しかない。

「これからは気にせず話しかけてください。私の家のことは、私の問題ですから」

「……はい」

いずれどうにかしたい問題であったが、今の濡亜には解決できない内容だ。

桃井の言葉を信じる他ない。

濡亜は下駄箱のロッカーを開けて革靴を出して履き、上履きをしまった。

「湿っぽい話は終わりにしましょう。平等院さん、途中まで帰りましょうね」

「はい。そうしましょう！」

「嬉しそうです。照れるわ……」

桃井は後半の言葉は聞こえないように言った。

「ええ、もちろんです。前からお友達と帰るのが夢でしたから」

「友達と？」

「あっ――」

澪亜はつい出てしまった本音にどきりとし、桃井の顔を見た。

「ごめんなさい、調子に乗ってしまいました。でも、できたら、その、これからお友達として……その ぉ……」

（ああ～、絶対桃井さんあきれてるよ……。まだ一回しか一緒に帰ってないのに友達とか……迷惑じゃないかな……？）

これればかりは何度言っても慣れそうもなかった。

顔は熱くなるし、そわそわして足を擦り合わせてしまう。小さい頃、母にその癖を直しなさいと言われていたことを思い出したが、今はそれどころではなかった。

ちらちら、もじもじと上目遣いで見られる桃井はたまったものではない。

「オーケーオーケー、わかってます。もちろん、おモチのロンロンよ」

桃井は澪亜の純粋さにやられて、自分でもちょっと何を言ってるかわからなくなる。

とんでもない美少女にもじもじされると色々とクルものがあるのだ。

自分が新しい何かに目覚める前に、桃井は口を開いた。

「私たちは一学期から同じ気持ちでした。もうずっと前から友達だった。そう考えていいのではないでしょうか？　でないとこんな気持ち、出てきません……」

「桃井さん……ありがとうございます」

「いいんです。それよりも私、あまり、名字で呼ばれるの好きじゃないんです。ほら、いつも桃井委員長ってみんな呼ぶから」

「そうなのですね？　では、ちひろさんとお呼びしましょうか？」

「誘導してしまったみたいでごめんなさい。そう呼んでくれると嬉しいです」

「はい。おまかせください！　お名前で呼ぶのはあまり慣れないので、善処いたします」

うんと拳を可愛らしく握る澪亜。

桃井委員長――ちひろは「田中よりよっぽどお嬢さまだよなぁ」とつぶやき、笑顔を澪亜へ向けた。

「私も澪亜さんとお呼びしてよろしいでしょうか？」

「はい、もちろんです」

「うっ――スマイルの破壊力がパないわ――」

ちひろは先ほどから胸キュンが止まらない。

お嬢さま学校に合わせたお嬢さま口調が崩れそうになる。

「どうかされましたか？」

（よかった……桃井さん……ちひろさんがいい方で幸せだよ……）

澪亜は周囲の空気を浄化するような笑みを浮かべた。

「これはアレね……色々と守ってあげないと危なそうね……」

「んん？」

「いえ、こっちの話です。では帰りましょう」

「はい、行きましょう」

澪亜は微笑みを浮かべたまま、ちひろに近づいた。

ちひろもつられて笑顔になり、二人は並んで女学院を出て駅に向かった。

25.

1－A学級委員長である桃井ちひろは帰宅して、自室に入った。

制服姿のまま、ぼふりとベッドに身体を投げ出した。

癖のない黒髪がベッドの上で不規則に流れる。

クールでモデル体型の美人。中学時代は頼れる先輩、第一位。ちひろは中学校で男子からはもちろん、女子からも告白されたことがあった。

ちひろは、理知的な瞳を天井に向けた。

「平等院さん——澪亜さんがとんでもない美人になってるとは……」

漏れてくる心の声が自室に溶ける。

澪亜の純真無垢《じゅんしんむく》な笑顔と、優しい眼差しを思い出して、頬がゆるんだ。

ない。


「あれズルい……ダイエット頑張ったんだな……」

入学してすぐの頃、澪亜と会話をして、心根の美しい女の子だと衝撃を受けたものだ。

ちひろは澪亜がいじめられている現場を目撃してから、ずっと気にかけていた。

どうにかしてあげたいと毎日思っていたが、田中純子はバカそうに見えて小狡《こずる》い立ち回りをして
くる。こちらが論破しようとする前に父親の件を出してくるのだ。教師の前で、決定的なミスもしない。

今日は澪亜の変わりようにかなり動揺していたみたいだが、普段なら大っぴらに澪亜をなじったりはしないのだ。

田中純子という女子は、相手の嫌がることを本能で理解しているタイプだ。

ちひろは歯がゆい思いをしながら夏休みを過ごし、新学期を迎えた。そして、澪亜が天から舞い降りた聖女みたいな見た目に変わっていた。驚きは相当なものだった。

「夏休みに何があったんだろう？　田中の前だとおどおどしてたのに今日は堂々としてた……あと美少女で美人すぎ。あの笑顔ヤバい。なんかオーラ出てた。ギャグじゃなくて」

考えていたらまた澪亜の笑顔を思い出し、頬が熱くなる。

鳶色の瞳が愛しそうに弧を描くのがたまらない。

心臓の鼓動が速くなってきた。

ついでに、澪亜から友達になってほしいと言われたときのことを思い出し、顔がにやけてきた。

ぽわぽわした雰囲気に、しっかりしていそうで抜けている性格が可愛くて面白い。

もっと早く仲良くなってればな、と思いながら、いやーあの美人ぶりよ、と澪亜のことばかり考えてしまう。

ちひろは「いかんいかん」と首を振って起き上がった。

「問題点があるとすれば、本人にまったく自覚がないところか。女学院で超絶人気が出そう……いや確実に出る……。妹にしたいとか先輩たちが集まりそうだし、同性でもいいから付き合いたいとか言い出す子が出てくるな。私が緩衝材にならないと――」

ちひろは一つうなずいて、ベッドの上であぐらをかいて腕を組んだ。

お嬢さまモードは結構疲れるので、一人のときは割と自由にするタイプである。

「そういえば澪亜さんって成績は常に上位だし、元ご令嬢だし、誰にでも優しいし、ピアノはプロ級でおばあさまがピアニスト。英語とドイツ語とフランス語も話せるとか……」

ちひろは澪亜がどんな人物なのか考察したら、背筋がぞわっとした。

偉人と出逢《であ》ったような高揚感が湧いてくる。

「澪亜さんと友達になれたのってすごいこと？」

ちひろは知らないが、澪亜は地球に一人しかいない聖女である。

地球史上で聖女と友達になった地球人は、後にも先にも彼女しかいないであろう。

五十連ガチャで五十個ＳＳＲが出るぐらいの引きだ。

そんなこととはつゆ知らず、ちひろは首を横に振った。

澪亜のスペックが高いから友達になったわけではない。友達になりたかったから、ずっと話しかけてきたのだ。

ちひろがそこまで考えていると、階下から名前を呼ぶ声が聞こえた。

めずらしく父親が早く帰ってきたらしい。

「はーい」

と返事をして、ちひろは制服のままリビングへ下りた。

待っていた父から「田中さんの会社から取引を断られた」と聞いて、血の気が引いた。

覚悟はしていたが、こんなにも早いとは思わなかった。

◯

ちひろが父から詳細を聞いているそのとき、澪亜は異世界の神殿にいた。

聖女装備に身を包み、裏庭でウサちゃんを抱いている。

「ウサちゃん、今日はお友達ができました」

「きゅう?」

聞かせてよ、とウサちゃんが顔を上げた。

澪亜はもふもふとウサちゃんのやわらかい毛を撫でてうなずいた。

「前から私を気にかけてくださっていた、桃井ちひろさんです。黒髪でとても綺麗な方ですよ?」

「きゅっきゅう」

「うふふ、ありがとうございます」

「きゅ？　きゅう？」

ウサちゃんが鼻をぴくぴくと動かした。

「そうなんです……ウサちゃんには隠し事はできませんね？」

澪亜は眉根を寂しげに下げた。

ウサちゃんは澪亜の空気から何かあると察したらしい。

「ちひろさんは私と仲良くすると、お父さまのお立場が危うくなるんです。なぜって？　それは会社が田中さんのお父さまの会社と大きな取引をしているからです」

「きゅう？　きゅ？」

「会社というのはサービスや物を売って、お金を集める場所のことです」

「きゅう。きゅうきゅうきゅきゅ」

「ふんふん。そうですね。確かに田中さんのお父さまの会社との取引がなくなっても、別の会社としっかり取引ができれば問題はありませんよ」

「……きゅう」

「ごめんねって？　そんなこと言わないでください。ウサちゃんのおかげで、私、とっても幸せなんです」

「きゅう……きゅ」

ウサちゃんは澪亜の話を聞いて、身体をふるふると震わせた。

澪亜の力になれないことがひどく悲しいみたいだった。

ウサ耳を垂らして澪亜を上目遣いに見上げ、つぶらな瞳に涙を浮かべている。

「ウサちゃん……」

澪亜も悲しくなってきて、涙があふれてきた。

ウサちゃんが自分を想ってくれていることがわかり、ぎゅっとウサちゃんを抱きしめた。

「きゅう……」

「ウサちゃん……ありがとう……」

ぽたりと澪亜の涙がウサちゃんに落ちた。

そのときだった。

まばゆい光がウサちゃんの身体を包み、ヒカリダマが大量に宙を舞い始めた。

「まあ。ど、どうしたのでしょう?」

澪亜は指で涙をすくい、目を細めて光るウサちゃんの身体を眺める。

数秒間ウサちゃんの身体が光り輝いて、澪亜の両腕にヒカリダマが集まってくる。

収まるまでしばらく待っていると、ゆっくりと光が収束して、名残惜しそうにヒカリダマが消えた。

澪亜は何度かまばたきをして、そっとウサちゃんを撫でた。

「……なんだったのでしょう」

「きゅう?」

『おめでとうございます。聖獣が加護を得ました。新しいスキルを習得しました』

「——っ！」

急なアナウンスに澪亜はびくりと肩を震わせ、ウサちゃんもウサ耳をピンと伸ばした。

「加護、でしょうか？」

澪亜はアナウンスに尋ねる。

いつも通り、返事はなかった。

「相変わらず無愛想さんですね……」

「きゅっきゅう」

ウサちゃんも同意している。

「こういうときは、鑑定——」

澪亜はまずウサちゃんを鑑定した。

ウサちゃんの横に半透明のボードが出現する。

ウサちゃん
○職業：フォーチュンラビット
レベル１
体力／１００
魔力／50

知力／50
幸運／77777
魅力／7777
○スキル
〈癒やしの波動〉

〈幸運の二重演奏〉new
○加護
〈聖女レイアの加護〉new

（スキル、〈幸運の二重演奏〉……？）

澪亜はスキル部分へさらに鑑定をかけた。

『幸運の二重演奏――聖女が楽器を演奏し、その場にフォーチュンラビットがいると発動する。演奏を聴いていた者に大幅な幸運値バフが付与される。任意で対象者の選択が可能。効果は一週間前後』

鑑定結果を見て、澪亜はううん、と可愛らしく唸《うな》った。

（バフとはなんでしょう……？）

早速、ウサちゃんに結果を伝える。

物知りな聖獣のウサちゃんが、バフとは一時的に性能を強化することだよ、と教えてくれた。本人も自分のスキルについて理解しているみたいだ。

「なるほど、勉強になりますね」

レイアはアイテムボックスからメモを取り出して念のため記録を残した。

次に気になっていた〈聖女レイアの加護〉へと鑑定をかける。

『聖女レイアの加護――聖女の涙が聖獣へ落ちたとき、一億分の一の確率で発現する加護。遠くにいても互いの存在を認識できる。世渡りの鏡など、女神が作ったアイテムの使用も可能になる』

鑑定の文字を読んで、澪亜は「まあ！」と声を上げてウサちゃんを持ち上げた。その場でくるくると回転する。

「ウサちゃん！　これで現実世界にウサちゃんが来れますよ！」

「きゅう！　きゅっきゅう！」

「もうウサちゃんが一人で寂しく過ごす必要もありませんね?!　ああ、嬉しいです」

「きゅうー」

ウサちゃんが「もう寂しくないよ。やったね」と鳴いている。

澪亜が回転をやめて、ウサちゃんのお腹に顔をうずめた。

ウサちゃんのお腹は太陽の匂いがした。

「きゅう？　きゅっ、きゅう」

「まあ、まあ！　そうですね！　それがいいです！　きっといいことが起こりますよ！」

澪亜はウサちゃんの提案を聞いて名案だと思った。

自分のステータスにも鑑定をかけ、〈幸運の二重演奏〉が発現していることを確認する。

澪亜はウサちゃんを抱き、すぐに現実世界へ戻ることにした。

26.

澪亜はウサちゃんと現実世界へ戻り、普段着に着替えた。

電話をしようと居間に入ると、背筋を伸ばしてタブレットを操作していた祖母鞠江がウサちゃんを見て目を細めた。

「まあ、可愛いわねぇ！　そのウサギ、どうしたの？」

鞠江はピアノ教室の生徒さんである美容師に無料で切ってもらったのか、髪型が少し変わっている。目が見えるようになって、鞠江は生き生きとしていた。

澪亜は鞠江にウサちゃんを紹介し、そのままウサちゃんをそっと渡した。

ウサちゃんも鞠江のことを気に入ったのか、膝の上に抱かれても逃げたりしない。

鞠江はウサちゃんがいつも神殿で澪亜の帰りを待っていると知ると、眉を下げてウサちゃんの背中を撫《な》でた。

「このウサちゃん、うちに住んでもらいましょうよ。異世界でひとりぼっちはかわいそうだわ」

「ありがとうございます。相談しようと思っていたので、嬉しいです」

「ああ、ごめんなさいね。可愛くって興奮しちゃったわ。電話使うんでしょ？　通話料がかかるから手短にね。貧乏っていやねぇ」

そう言いながら、鞠江は楽しそうに笑っている。

澪亜も笑みを浮かべ、下校時に教えてもらった桃井ちひろのスマホに電話した。

ちなみに澪亜はスマホを持っていないアナログ女子である。単純に契約するお金がないのだ。

数コールでちひろが電話に出た。

「お忙しいところ失礼いたします。藤和白百合女学院一年A組の平等院澪亜と申します。ちひろさまはご在宅でしょうか？」

『ああ、平等院さん――澪亜さん。ちひろです。どうしたのですか？』

ちひろは受話器越しで嬉しそうな声を上げた。

まだ名前呼びが慣れないのか、お互い初々しい。

「夕食前に申し訳ありません。大変不躾《ぶしつけ》なお願いがあるのですが、いいでしょうか……。その、とても重要なことなのです」

『重要なこと？』

「はい。これからちひろさんのご自宅にお伺いしてもよろしいですか？」

『え？　これから来てくれるんですか？』

「ご迷惑でなければ……はい」

『もちろんいつでもオーケーです。とっても嬉しいわ。それで、何か用事があるのかしら？』

「実は私の親友を紹介したいと思いまして、お友達になってくださったちひろさんにはぜひ紹介したいんです」

『そうなんですか？　そんなに重要なお友達？　澪亜さんの友達なら大歓迎ですが……』

「ありがとうございます！　最近お友達になったウサギです」

『……ウサギ？』

ちひろが驚いている。

「はい。もふもふでとっても可愛いんです。名前はウサギのウサちゃんです。ウサギのウサちゃんです」

『ふふふ……あはは っ！』

ちひろはウサギのウサちゃんというフレーズが面白かったのか、笑い始めた。

澪亜の可愛いところを見つけてしまった、という笑いだ。

『澪亜さんって面白いんですね』

「……ぁぅ……ちょっと恥ずかしいです……今思えばウサちゃんというネーミングは子どもっぽかったかもしれません」

「きゅう」

ウサちゃんが鞠江の腕の中で鳴いた。「気に入ってるよ」と言っている。

『笑ってしまいごめんなさい。そういう意味でなく、なんだかとても可愛かったから……。私も話したいことがあるのでよかったです。タクシーで迎えに行きましょうか？』

「いいえ、ご住所をいただければ問題ありません。ご自宅にピアノはありますか？」

『ピアノ？　弾いてくださるの？』

ちひろが興奮した声を上げた。

「はい。お近づきのしるしにぜひとも」

『ピアノはありますよ。私の姉がよく弾くので』

「よかったです」

澪亜は安堵して息を吐いた。

ちひろの家にピアノがなければアイテムボックスで持っていこうかと思っていたのだ。その場合はちひろに能力が露見してしまうので、最終手段である。

（まだ異世界の存在を伝えるのは早いよね……変な子だって思われたくないし……）

『楽しみです。澪亜さんがプロ並みのピアニストだと風の噂で聞きました』

「そんな。おばあさまに比べたらまだまだです」

『比較対象がすごすぎですよ』

ちひろが笑い、澪亜も笑顔になった。

友人との電話も初めてなので気分が高揚する。

『では住所を伝えますね――』

「はい。よろしくお願いいたします」

澪亜は受話器を持ち替え、ちひろの自宅住所をメモし、電話を切った。

○

ちひろの家は自宅から歩いて二十分ほどの場所だった。

澪亜はウサちゃんを抱いたまま、制服姿でちひろの家に向かう。

「きゅう」

「そうですね。頑張りましょう」

ウサちゃんがやったるで、と気合いを入れている。

澪亜は微笑んでウサちゃんの背中を撫《な》でた。

日が沈んできたので、なるべく住宅街の大通りを歩く。純白の制服でウサギを抱いている姿はかなり目立った。すれ違う人が澪亜とウサちゃんを見て、ほっこりした顔で通り過ぎていく。

ちひろの家に到着した。

(大きなお家ですね)

一般的な一軒家の五倍ほど敷地が広い。

塀が高く、自動シャッターの車庫があった。

澪亜が以前住んでいた平等院家の豪邸と比べると大したことはないが、それでも十分に金持ちの住む家だ。

インターホンを押すと、すぐにちひろが出てくれた。

『澪亜さん、お待ちしておりました』

「はい。突然の訪問で本当に申し訳ありません」

『いいんですよ。さ、どうぞ』

ガチャリとロックが開き、澪亜は敷地内へ入った。

27.

庭を横目に玄関の前へ到着すると、ドアが開いて制服姿のちひろが出てきた。まだ着替えてなかったらしい。

「澪亜さん。こんばんは」

ちひろの瞳が嬉しそうにつぶれ、澪亜の顔も自然とほころんだ。

「ちひろさん、ごきげんよう」

澪亜が言うと、ちひろは抱いているウサちゃんへと目が滑り、口角を上げた。

「かわいい！　かわいいです！　ウサギのウサちゃんですね？」

「ええ、そうです。とっても優しい子なんです」

ウサちゃんが顔を上げ、ちひろと目が合った。

ウサちゃんはじいっとちひろを見つめると、鼻をぴくぴくさせて「きゅう」と鳴いた。

めっちゃいい子だね、と言っている。聖獣にはわかるらしい。

「そうなんです。ちひろさんは素敵な方なんですよ」

澪亜がニコニコと笑って言うと、ちひろが頬を赤くした。

「澪亜さん、ウサちゃんに変なこと言わないでください。恥ずかしいから」

「まあ、本当のことですから」

曇りのない澪亜の瞳に、ちひろは少々うろたえた。

スキル〈癒やしの眼差し〉が効きすぎたのか、顔のにやけを我慢するのに必死だ。

学院ではクールな委員長である。

ここでだらしない顔をするわけにはいかない。

「うんうん、澪亜さん、ありがとう、ありがとう。落ち着きましょう。ええ」

「はい、落ち着きましょう」

「とりあえず中へどうぞ」

「すみません。お邪魔いたします」

広い玄関で靴を脱ぎ、リビングに通された。

シックな家具で揃えられたお洒落《しゃれ》な家だ。澪亜は鞠江と住んでいる今の家も好きだったが、こういった洗練された家もいいなと思う。

大きなソファ席にはスーツ姿の男性が座っていた。

「私のお父さんです」

「まあ。突然の訪問、大変恐縮でございます。わたくし、ちひろさまと同じクラスの平等院澪亜と申します。こちらはウサギのウサちゃんです。二人でお邪魔させていただきます」

「きゅう」

ウサちゃんを抱えたまま丁寧に一礼する澪亜。

ちひろの父は澪亜の美しさと物腰に三秒ほどフリーズし、我に返って立ち上がった。

「ご丁寧にありがとう。ちひろの父、昌景《まさかげ》です」

ちひろの父、昌景はオールバックに洒落たツーピースのスーツを着ている。ウェブ媒体の広告にデザインを提供する会社の社長だけあって、本人もお洒落だった。年齢は四十代後半に見える。

「君の話はちひろから聞いているよ」

「まあ、そうなのですか？」

澪亜はちひろを見た。

「ええ、まあ、そうですね。お父さん、余計なこと言わないでね？」

「そうかな？　澪亜さんと友達になりたかったんだろう？」

「お父さんっ」

ちひろが恥ずかしがってぽかりと父の肩を叩《たた》いた。

ははは、と父が笑う。

（仲が良さそう……お父さまも優しかったな……）

澪亜は一瞬自分の父を思い出し、二人の仲睦まじい姿に微笑んだ。

スキル〈癒やしの波動〉〈癒やしの微笑み〉〈癒やしの眼差し〉がトリプルコンボで発動する。ウサちゃんもつられて〈癒やしの波動〉を発動した。

ちひろと父は澪亜の雰囲気が変わったことに気づき、身体を弛緩《しかん》させた。

「……ちひろがさっき言ってたこと、本当だったな……」

「でしょう？　ものすごい癒やし効果だって……」

「悩んでいたのがバカらしくなってきた」

父昌景がどさりとソファに腰を下ろし、思い切り背もたれに身を預けた。

「澪亜さんとウサギのウサちゃんもソファにどうぞ。ちひろ、悪いけど紅茶を淹《い》れてくれるかな」

父に言われ、ちひろが快諾してキッチンへ向かう。

澪亜は一言断ってから三人がけソファへ座った。ウサちゃんを膝の上に乗せる。

「きゅう？」

「まあ」

（鑑定したほうがいいって？　そんなことウサちゃんが言うのは初めてですね……あまり勝手にステータスを覗くのは気が進まないけど……）

ウサちゃんに言われて、澪亜は迷った。

フォルテやゼファーのステータス鑑定をしなかったのも、相手を慮《おもんぱか》ってのことだ。

「きゅうきゅ」

「……わかりました」

必要なことだよ、とウサちゃんに促され、澪亜は心の中で「鑑定」と唱えた。

ちひろの父の横にステータスボードが現れる。

「新学期に色々あったみたいだね。でも、君のせいではないよ。これからもちひろと仲良くしてもらえると嬉しいよ」

父昌景が笑みを浮かべた。

澪亜は「はい」と笑顔でうなずく。

(ステータスは見えていないみたいだね。異世界の人は見えるのかな？　フォルテとゼファーに聞かないと)

そんなことを思いつつ、澪亜はステータスを横目で見た。

桃井昌景

◯職業：取締役社長

レベル1

体力／10

魔力／0

知力／22

幸運／5

魅力／20

◯一般スキル

〈礼儀〉ビジネス作法・習字
〈剣道〉
〈交渉術〉
〈デザイン〉空間デザイン・WEBデザイン
●呪縛
〈破鏡不照《はきょうふしょう》〉


澪亜はステータスを見て、まず知力が高いことに驚き、最後の項目である呪縛に目が釘付《くぎづ》けになった。黒い丸印も気になる。

ステータスボードを引き寄せて、〈破鏡不照〉を鑑定する。

『〈破鏡不照〉——失敗を元の状態に戻せない。再起困難になる。悪意ある者からの呪い』

明らかなバッドステータスである。

成功し続けるなら問題はないが、失敗をすれば二度と這《は》い上がれないであろう。しかも、呪いであった。

(こんな呪いが現実世界にもあるなんて……再起困難……。もし田中さんがすでに動いていたら、まずい事態になりそう……)

「きゅう」

ウサちゃんがまずいね、と探偵っぽくうなずいた。

28.

澪亜がステータスを見ていると、ちひろが紅茶を運んできた。

「澪亜さん、お砂糖とミルクはいりますか？」

「ありがとうございます。ストレートでいただきます」

高級なカップに入った紅茶からは湯気が上がっている。

ちひろは父と自分の分もテーブルに置くと、ソファに腰を下ろして、小さく息を吐いた。

「実は澪亜さんが来るまで、私もお父さんも、冷静ではありませんでした」

「そうなのですか？」

「実は、田中純子がもう手を回したみたいで、お父さんの会社との取引を中止したんです」

ちひろの言葉に、父昌景がカップを手に取り、うなずいた。

「一度頭を冷やそうと思って家に帰ってきたんだ。ああ、心配しないでほしい。前々からちひろに田中さんのことは聞いていた。こうなる可能性も考慮して動いてはいたんだ」

昌景がゆっくりと紅茶を飲んだ。

「澪亜さんとウサちゃんのおかげで癒やされたよ。冷静に事を受け止められそうだ」

癒やしのスキル、トリプルコンボのおかげだろう。

（田中さん……なんてことを……）

澪亜は純子の去り際の表情を思い出した。

人を貶《おとし》めようとする仄暗い表情――

平等院家を乗っ取った夏月院の人間も同じ顔をしていた。

「きゅう」

澪亜が考え込みそうになったところでウサちゃんが鳴いた。

耳をぴくぴく動かして、澪亜の手にすり寄る。可愛い。

「ウサちゃん、ありがとう」

澪亜はウサちゃんをもふもふと撫でた。

「澪亜さんには伝えておきますね」

ちひろが長い脚を揃え、ソファから身を乗り出した。

「父の会社の状況は、かなり悪いです。田中と関連のない会社との取引を増やしている最中でしたので、不完全なところを攻撃されたようなものです。今回の件でほとんどの取引先が離れていくと思います」

「そんなことに……」

「すでに強引な契約破棄がいくつか出ているそうです」

ちひろが言うと、昌景がカップをソーサーに置いた。

「はっきり言うと、ここで食い止めないとうちはボロボロになる。まあ、澪亜さんが気にすることじゃないけどね。再起すればいいだけだ」

（呪縛スキル〈破鏡不照〉……再起は厳しい。スキルの強力さはよく知っている）

澪亜は様々な聖女スキルを使ってきた。

どれも嘘偽りのない効果がある。

昌景が会社経営者らしく、澪亜とちひろをゆっくりと見つめ、落ち着いた声で言った。

「確率は低いけど一発逆転の方法がある」

「そうなの？」

ちひろが笑みを浮かべた。

「ああ。運が良ければ、有名アナリストに記事を書いてもらえそうなんだ。うちの会社が候補に入っていると言っていた。彼はいい会社の記事しか書かないことで有名だ」

「じゃあ今、連絡を取っているところなのね？」

「いや、連絡待ちだよ」

昌景はソファに深々と背を沈めた。

「神のみぞ知る、だ」

アナリストとは企業の評価をする専門家のことである。

有名なアナリストにこの会社はいいぞ、と評価をもらえば、会社の評判は格段に良くなるだろう。投資家からも注目され、いいこと尽くしだ。

（運が必要……私にもお手伝いできそうだね……。ウサちゃん、予定通りやりましょう）

真剣に話を聞いていた澪亜はウサちゃんを見た。

ウサちゃんが「きゅう」と鳴く。

何となく澪亜の雰囲気から察したらしい。

澪亜はつとめて笑顔を浮かべ、昌景とちひろへ視線を移した。

「あの、少々お時間をよろしいでしょうか?」

スキル〈癒やしの波動〉〈癒やしの微笑み〉〈癒やしの眼差し〉が発動し、昌景とちひろの表情が弛緩した。ちひろはどうにかキリッとした表情を作ろうとしている。

「私から縁起の良い曲をお贈りしたいのですが、ピアノをお借りしてもいいでしょうか?」

「先ほど電話で話していた……もちろんですよ」

ちひろが笑顔でうなずき、立ち上がった。

「お父さん、澪亜さんはピアニストのおばあさまから直々に指導を受けているの。とてもお上手なんですって」

「それはいいね。景気づけに一曲お願いするよ」

ちひろの言葉に昌景が口角を上げた。

彼もちひろも音楽鑑賞が趣味だ。

ちひろはリビングにあるピアノへ手を差し伸べた。

「ありがとうございます。私に何かできることがあればと思って……曲を弾くことしかできませんことをお許しください」

（少しでもお役に立てれば嬉《うれ》しいな……）

澪亜はウサちゃんを抱いたまま立ち上がり、ウサちゃんをピアノの上にそっと置いた。

「きゅっきゅう?」

「そうですねぇ……」

ウサちゃんから何を弾くのと聞かれて、澪亜は逡巡し、昌景とちひろを見た。

二人とも嬉しそうな顔で曲を待っている。

「ショパンの『英雄ポロネーズ』を弾こうかと思います」

「素敵ですね」

「はい。ポーランドの曲で、婚礼やお祭りでも使われる曲ですね。ちひろさんのお父さまが人生の転換期を迎える——そんな意味でぴったりだと思います」

純白の制服に白いウサギ。

亜麻色の髪の澪亜が姿勢良くピアノの前に座る。

白と黒の鍵盤の前に座る澪亜は絵画から飛び出してきた聖女のようであった。

ちひろも昌景も、澪亜が嬉しそうに話す姿に見惚《みと》れた。

「では、弾かせていただきます——ウサちゃん、準備はいいですか?」

そんな二人の反応には気づかず、澪亜は小声でウサちゃんに聞いた。

きゅうとウサちゃんが鳴いた。

スキルの準備はオーケーのようだ。

〈スキル〈幸運の二重演奏〉――対象者、桃井昌景さん、桃井ちひろさん。……よし、うまくいったみたい。あとは曲を弾けばいいんだね〉

澪亜はすうと息を吸い込んで鍵盤に長い指を落とした。

そこで、ふと思いついた。

〈ヒカリダマさんが出てくるとさすがにまずいかも……〉

「ヒカリダマさん……お二人に見えないよう姿を消すことはできますか?」

小声で誰もいない宙に聞いてみる。

すると、一瞬だけ窓ガラスの光が屈折して澪亜の視界がキラリと光った。

どうやらできるとのことらしい。

「きゅう」

ウサちゃんもうなずいている。

澪亜は笑みを浮かべ、もう一度深呼吸をして、演奏を開始した。

美しい旋律が部屋を満たした。

澪亜の指が魔法のように鍵盤を走り、力強くも気品のある音色がリビングに響き渡る。

愛と勇気を彷彿《ほうふつ》とさせる『英雄ポロネーズ』は澪亜にぴったりの曲であった。

ちひろと昌景は思わず「あぁ」と声を漏らし、背筋に言いようのない興奮した感情が走るのを感じた。

〈お二人に幸運を――!〉

澪亜が祈りながら演奏をする。

ウサちゃんが曲に合わせて「きゅう」と鳴いている。

不可視のヒカリダマがいくつも浮かんでウサちゃんとの共同スキル〈幸運の二重演奏〉が発動し、ヒカリダマは球体から大きな星型に変形した。

（お星さまが二つ、大きくなっていきます！）

曲が終盤に差し掛かると、星が回転し始め、澪亜が最後の和音を鍵盤で奏でて曲を終わらせると同時に、昌景とちひろの身体へ飛び込んだ。

「きゅう」

ウサちゃんが鳴くと、ぶつかった星がバァンと弾けてバラバラと二人の身体に小さな星が降り注いだ。

スキル〈幸運の二重演奏〉が付与された。

――パチパチパチパチ
「素敵！　素敵です澪亜さん！」

「素晴らしい演奏だ。泣きそうだよ！」

ちひろは興奮した様子で、昌景は涙をこらえて拍手をしている。

二人の拍手は止まらない。

澪亜の演奏が二人の胸を打った。日常生活では感じることのできない感動が、二人の胸の内に広がっていた。

（恥ずかしいけど……嬉しい……）

澪亜はこんなにも喜んでくれる二人を見て、自分の胸に手を置き、立ち上がって丁寧に一礼した。

ウサちゃんもきゅうと頭を下げる。

今まで父と母、祖母の前でしか弾いてこなかったので、二人の反応が新鮮だった。

澪亜はまた一つ、自分ができることを見つけられたような気がし、頬が熱くなってくる。

「お聴きいただきありがとうございました。あの、お二人の拍手が、とても嬉しいです」

恥ずかしそうに頬を染め、はにかんで澪亜が言った。

ちひろと昌景はそんな澪亜を見て思わず顔をほころばせ、デレデレした表情を作って頭に手を置いた。

まったく同じ反応をしているのが親子らしかった。

「い、いやぁ、だって素敵だったもの。ねえ、お父さん？」

「最高の演奏だったよ。もう澪亜さんのファンだよ」

「……！」

「……！」

二人は互いのだらしない顔を見て、ハッとした。

なんてひでえ顔だ。そう思ったらしい。

二人はすぐさまキリリとした表情に戻し、澪亜を見つめた。表情筋との闘いであった。

「ありがとうございます。そう言っていただけると、本当に嬉しいです」

ニコニコと澪亜が白い歯を見せる。世界が平和になりそうな笑顔に、二人は「くっ」と言って表情筋をさらに引き締めた。

澪亜はまた一礼して、ウサちゃんを抱き上げた。

「きゅう」

ウサちゃんの催促に澪亜はうなずいた。

（効果が出ているか――鑑定）

桃井昌景

○職業：取締役社長

レベル1

体力／10

魔力／0

知力／22

幸運／5（＋7777）

魅力／20

○一般スキル

〈礼儀〉ビジネス作法・習字

〈剣道〉

〈交渉術〉

〈デザイン〉空間デザイン・WEBデザイン
●呪縛
〈破鏡不照〉
○付与
〈幸運の二重演奏〉――時間制限アリ

昌景の幸運値に+7777が付与されている。成功だ。

さらに澪亜はこっそりと浄化魔法を唱え、黄金の音符を出現させた。

こちらも二人の目には映らないようお願いしている。

（浄化音符さん――いってください！）

バラバラと音符が飛んでいき、昌景の身体に吸い込まれていく。

父と娘は表情筋を引き締めるのに忙しい。

（うっ……浄化を拒絶しているみたいです……もっと音符を――）

さらに魔力を注入していく。

昌景の身体が見えなくなるほど、音符が渦になって昌景を取り囲む。

しばらく押したり引いたりの攻防があり、黄金の音符たちはジャ～ンと和音を響かせて空中に霧散した。

（ああっ！　音が鳴ってしまいました……！）

浄化音符から音が出ると思わず、澪亜はうろたえた。

（ど、どうしましょう⁉）

「また弾いてくれるのかな？」

澪亜がピアノを鳴らしたと勘違いしてくれた昌景が顔を向けた。

「いいえ、いいピアノなので確かめたくなって……」

（よかった。勘違いしてくださって……）

「そう。また弾いてくれてもいいんだよ？」

「お父さん、もう夕食の時間だよ？　澪亜さんに悪いでしょう」

「それもそうか」

ちひろの言葉に昌景が笑う。

澪亜は素早く鑑定を使った。

桃井昌景
○職業：取締役社長
　レベル１
　体力／10
　魔力／０

　知力／22
　幸運／5（＋7777）
　魅力／20
○一般スキル
〈礼儀〉ビジネス作法・習字
〈剣道〉
〈交渉術〉
〈デザイン〉空間デザイン・WEBデザイン
○付与
〈幸運の二重演奏〉――時間制限アリ

「きゅう！」

「よかった、悪いスキルが消えていますね」

　ウサちゃんと目を合わせ、澪亜が笑った。

（でも、呪いってあったよね……。この世界も怖いな……）

　そんなことを考えながら、澪亜はちひろの幸運値も見てみる。

（ちひろさん、ごめんなさい。ステータスを見せていただきます）

　心苦しいが、効果が出ているかの確認は必要なので、澪亜は「鑑定」と唱えた。

桃井ちひろ
◯職業：学生
　レベル１
　体力／５
　魔力／０
　知力／10
　幸運／４（＋7777）
　魅力／18
◯一般スキル
〈礼儀〉令嬢作法
〈剣道〉
〈不退転〉
◯付与
〈幸運の二重演奏〉――時間制限アリ

こちらも成功であった。
ちひろにもバフをかけたのは澪亜の優しさだろう。

家族に幸運な者が多ければ、いいことも起きやすいのでは？　という推測も含まれている。

ちなみに、現時点で桃井昌景と桃井ちひろは全人類で最強のラッキー親子となった。

聖女の澪亜ですら幸運値は６０００だ。

それがバフで＋７７７７。

ゼファーとフォルテがこの場にいたら「今こそ宝くじ売り場へ！」とアドバイスするに違いない。

（よかった……これでアナリストの方からご連絡が来ればいいけど……）

澪亜がホッとし、ちひろと昌景が澪亜の演奏のどこがよかったか言い合っていると、携帯電話が鳴った。

「ああ、すまないね」

昌景のスマホに着信があった。

彼はポケットからスマホを取り出し、画面を見て驚愕《きょうがく》した。

「お、おおっ！　ごほん……オーケーオーケー、落ち着いて。落ち着いてくれ」

「私たちは落ち着いているわ、お父さん」

父の動揺ぶりにちひろが言った。

いつもの自分であると言ってあげたい。

「例のアナリストからの電話だ！」

その言葉に、澪亜とちひろは顔を見合わせ、目を輝かせた。

29.

スキル〈幸運の二重演奏〉を使った翌日、澪亜《れいあ》はちひろと登校の約束をしていた。

（次の電車で来るかな？）

澪亜は両手で鞄《かばん》を持ち、改札前の時計台の下で待っていた。

純白の制服姿に亜麻色の髪がまぶしく見えるのか、改札から出てくる生徒やスーツ姿の人々が澪亜を必ず二度見して通り過ぎていく。

八頭身のスタイルに母譲りの美貌が輝いている。

有り体に言ってめちゃくちゃ目立っていた。

（視線を感じるような気が……あ、時計があるからだね）

澪亜はちらりと上を見上げた。

皆が時計台で時間を確認していると勘違いしたらしい。

まだ自分の容姿に自信はなく、注目されているとは思っていない。

「モデルさん？」「美人な上に可愛い……」「なんか癒やされるなぁ」

そんなつぶやきをして、駅の利用者が通り過ぎていく。

改札担当の駅員は二十秒ほど澪亜に見惚《みと》れて「ぼーっとすんなよ」と上長からお叱りを受けていた。

電車が到着して、改札口から学ラン、女学院の純白ブレザー、スーツ姿の人々が通過していく。

皆が澪亜を見て驚いた顔をし、頬をゆるめた。

澪亜はそれに気づかず、黒髪で凛とした雰囲気を持つ女子生徒を捜した。

（ええっと、どこにいるかな……あっ！）

「桃井さん──ちひろさぁん」

言い間違えてすぐに訂正し、澪亜は笑顔で手を振った。

〈癒やしの波動〉〈癒やしの微笑み〉〈癒やしの眼差し〉がトリプルコンボで発動した。

朝の気だるい改札前は、薔薇《ばら》が咲いたようなゆったりした空気に変化した。

「澪亜さん……」

定期券を改札にかざしたちひろは澪亜の笑顔を見て、頬を染めながらおでこを手で押さえた。

「おはようございます、ちひろさん」

「おはようございます、澪亜さん。あの、ここで待ってくれていたのですか？」

「はい、そうですよ」

「なるほど、なるほど」

ちひろは改札前の時計台を見上げた。

これは目立つなぁと思うも、ニコニコと嬉しそうに微笑んでいる澪亜を見ているとダメとは言えなかった。

「あの、澪亜さん？」

「なんでしょう」

「もう少し自分の影響力を考えたほうがいいかと思いますよ？」

「影響力？」

（んん？　どういうことだろう？）

澪亜はよくわからずに小首をかしげた。

「いえ、いずれわかることです。それよりも行きましょうか」

「そうなのですね？　わかりました、参りましょう」

素直にちひろの言葉を聞き、澪亜はちひろと並んで歩き出した。

○

教室に到着して、ガラリとドアを開ける。

始業にはまだ三十分ほど時間があった。

「没落令嬢と貧乏人のご出勤だわ」

田中純子が座っていた机から下りた。

朝一でちひろをいびってやろうと思っているのか、にやにやと口を歪《ゆが》ませている。

取り巻き三人組も後ろで半笑いを浮かべていた。

「おはようございます、田中さん」

澪亜が笑顔で挨拶する。

ちひろは何も言わずに席へ移動した。

純子は夏休み明けから余裕な態度の澪亜が気に食わないのか、チッと舌打ちをし、メイクで三割増しにした顔にしわを寄せた。

「桃井委員長～。パパから何か言われませんでしたかぁ？　会社がヤバいとかさぁ」

くすくすと取り巻き三人組が笑う。

純子たちが着席した澪亜とちひろを取り囲んだ。

（田中さん……もうやめたほうがいいのに……）

スキル〈邪悪探知〉が反応している。純子の心で負の感情が渦巻いている。澪亜は彼女を不憫《ふびん》に思った。

「私、昨日すぐにパパに言ったんだよね。桃井さんがいじめるぅ～って。そしたらパパが激おこでさぁ～」

猫なで声を出し、純子が両手を広げてひらひらと動かした。

「まあ」「それは怒るよね」「委員長はひどい人ですわ」

取り巻き三人組が合いの手を入れる。

「……」

ちひろは表情を消して話を聞いていた。

純子はちひろが何も言い返せないと思ったのか、愉悦を感じてケラケラと笑った。

「それでさぁー、うちのパパったら、もう桃井さんのところとは取引をやめるって言い出しちゃって！　私言ったんだよ？　そんなことしたら桃井さんちが倒産して貧乏になっちゃうよって」

愉しくてたまらない、と純子が頬に手を当てる。

「でもパパが、私をいじめる子どもの親なんてろくでもないやつだーって聞いてくれなくて。多分なんだけどぉ～、桃井さんの会社の悪評が出回ってるかもしれないわ。ごめんねぇ～」

わざとらしく謝罪する純子。

取り巻き三人組が笑いをこらえている。

「桃井さんのパパ、今頃取引先に〝捨てないでください〟って泣きながら頭下げてるかもぉ～。用済みになった愛人みたいにぃ～」

純子の言葉に取り巻き三人組がついにこらえきれないとギャハハハ、と笑い始めた。

「どうだった？　ねえ、あなたのパパさんの顔、どんなだった？　教えてよ」

純子がにやけた口元を隠そうともせず、ちひろに顔を寄せた。

「……」

「黙ってちゃわかんないよぉ。委員長さん困りまちたねぇ～」

赤ちゃん言葉で煽《あお》りに煽る純子。

（私、いつもこんなふうに言われてたんだ……）

澪亜は冷静に観察し、自分がいかに心を攻撃されてきたのかを知った。

ここまで黙っていたちひろが、ようやく口を開いた。

「田中さん。ごめんなさい」

「なぁに？　謝っても許さないけど？」

純子はにやにやと、ちひろの反応を愉しげに見ている。

「いえ、そうではないのです。あなたが今言ったこと、全部私にとってどうでもいいことなので、その化粧臭い顔を近づけないでください。そう言いたくて」

「……はぁ？」

「私の家のことはどうぞお構いなく。そちらとの取引がなくなって父も清々しています」

「なにぃ？　夜逃げの覚悟でも決まったの？　ウケる～」

ちひろが強がっていると勘違いした純子がまた笑い始めた。

「ああ、説明しないと要領を得ませんか」

無表情であったちひろが、純子へ鋭い視線を送った。

「あなたのパパの会社との取引など、どうでもいいのです。あなたのパパの会社が取引をやめようがやめまいが、うちには何も影響ありません」

「……何言ってんの？　あんたバカなの？」

「バカでもわかるお話ですけれど？」

ちひろが淡々と言うと、純子が声を張り上げた。

「だーかーらぁ！　あんたの家はパパの会社が撤退したら大損害なんでしょ?!　どうでもいいわけないだろ！」

「ハァ……」

ちひろがため息を吐いて黒髪をかき上げた。

「有名アナリストが父の会社を大変評価してくださっているの。今朝、ウェブで記事が投稿されたわ。今は仕事が大量に入ってきて大忙しなのよ」

「……なんだと？」

「ですので、田中さんの会社との取引がなくなったぐらいで大騒ぎしません。猿でもわかる理屈ですよね？　Understand?」

「――ッ！」

帰国子女のちひろに理解したかと英語で聞かれ、純子はぎりぎりと歯を食いしばった。

取り巻き三人組は純子のご機嫌をうかがうように薄ら笑いを浮かべている。

「ハッタリだろ?!　一晩でそんな運のいいことあるわけない！」

駄々っ子のように純子が叫んだ。

すかさず、ちひろがスマホを取り出してアナリストの記事を見せる。

題名には『優良デザイン会社』と書かれていた。

それを見た純子は苦虫を大量に口に入れたような顔をし、ガンと近場の机を蹴り飛ばした。

「あーあー！　ホントつまんない！　クソ！　まじでクソッ！」

純子は顔を真っ赤にした。

「もういい。冷めた。行こ」

踵《きびす》を返し、席に戻る純子。

あわてて取り巻き三人組が「待って」「あいつムカつく」「ないわ」などとご機嫌取りをしながら、後を追う。

澪亜は一連の会話を聞き、考え込んだ。

(田中さん……理解できない人だ……。昔に嫌なことでもあったのかな……?)

「まったく……あの女、根性がひん曲がってますね」

ちひろがつぶやいている。

「澪亜さん、あの子ホントひどい女よね?」

ちひろが苦い顔つきで言った。

澪亜は視線をちひろへ戻した。

(それより、幸運のおかげでちひろさんに大事がなくてよかった。そう考えよう。会社の経営もこれで大丈夫だね)

「そうですね。肯定したくないのですが、否定する材料も見つかりません」

「澪亜さんに言われるってよっぽどな気がするけどね……」

「そうでしょうか?」

「そうよ」

ちひろが笑みを浮かべ、大きく伸びをした。

教室には次々と生徒が入ってくる。気づけば窓の外では生徒たちの楽しそうなおしゃべりの声が響いていた。

純子とその取り巻き連中はチラチラと澪亜とちひろを見て、苦々しい顔つきをしている。

今のところ、これ以上の攻撃はなさそうであった。

「んん〜。はあ……。これでやっと澪亜さんと堂々としゃべれますね」

にっこりと笑みを浮かべ、ちひろが澪亜を見つめた。

「そうですね。本当によかったです」

「澪亜さんが家に来て、幸運が舞い降りたような気がします」

「ええ？　そんなことないと思いますよ」

言い当てられてしまい、ちょっとうろたえる澪亜。

幸運値＋７７７のバフをかけました、とは言えない。

「幸運の女神……いや、どちらかというと澪亜さんは聖女っぽいわね……」

ちひろは腕を組んで唸ると、顔を上げた。

「幸運の聖女！　うんうん、そうね、それがしっくりくるわ」

「聖女、ですか？」

（ちひろさんってものすごく勘が鋭い人なのかな？）

澪亜は「はい聖女です」とは言えず、控えめに笑った。

「そうです、聖女です。だって澪亜さんって美人で可愛くてお淑やかで、誰にでも優しいでしょう？　田中純子のこともあまり引きずってないみたいだし、もう聖女ですよ」

ギアが入ってきたのか、ちひろがクールな黒い瞳を輝かせた。

「そうです。澪亜さんは美人で可愛くて、もう最強です。これずっと言いたかったんです」

「美人で可愛く……いえいえいえ、そんなことはありませんよ！　恥ずかしいからやめてください」

「いえいえやめませんとも。本当に思っているんですから！　なんだかもう、今すぐ、ああああっと窓から叫びたいぐらいなんです。それくらい澪亜さんは可愛いんです」

「そそそ、そんなこと――ぁぅ――やめましょう――ね？」

澪亜がぷるぷると首を振り、顔を赤くする。

ついでに足を擦り合わせてちひろを上目遣いに見つめた。

「――ぁ」

ちひろは心臓の音がトゥンクと鳴る音を聞き、自分の身体が宇宙空間に放り出される幻影を見た。

この世界で最強破壊力・魅力値７０００を持つ聖女の恥じらい&上目遣いに、ちひろの精神力がバーストしたらしい。

体感で数秒、宇宙を浮遊して、ちひろは我に返った。

「脳みそから変なお汁が出たような気がしたわ……」

ちひろはふうと息を吐いて額の汗を拭う――ちなみに汗はかいていない。

そしてちらりと澪亜を見た。

「Ｏｈ……」

澪亜はまだ恥ずかしいのか、ぷるぷるしてうつむいていた。

ちひろは危険を感じてすぐに目をそらした。

「鼻から牛乳が出てきそうね」

よくわからないことを言っている学級委員長。

ちひろは自分の身が持ちそうもないため、今後、澪亜に褒められることへの耐性をつけてもらおうと決意した。

30.

ちひろの問題が解決してから一週間が経過した。

あれ以来、純子からの目立った攻撃は受けておらず、澪亜は高校生活で初めて平穏な日々を過ごしていた。

ちひろと毎朝一緒に登校し、こんなにも世界は輝いて楽しいのかと、幸せな気持ちだった。

澪亜がニコニコと笑っているとスキルが自動発動する。

「最近、教室の空気がいいですね？」「私、家より教室のほうが癒やされますわ」「私もです」

休み時間、そんなクラスメイトたちの世間話が聞こえてくる。

「澪亜さんのおかげですかね？」

隣の席にいるちひろのつぶやきに、澪亜が小首をかしげた。

「何がですか？」

「くっ、澪亜さんがまぶしい――」

ビームライトを浴びた大泥棒のように、ちひろが目を細めた。

ちひろは素がだいぶ出ている気がする。

これも聖女の魅力値のせいであろうか。

「あら？　まぶしいならカーテンを閉めて参りましょうか？」

ちょうど窓を背にしているので、澪亜は後ろを見た。

「いえ、いえ、大丈夫です。それより、田中にいたずらはされていませんか？」

顔を戻し、澪亜が笑顔でうなずいた。

「はい。特に何も受けておりません。ちひろさんにアドバイスをいただいて、上履きや教科書を毎日持ち帰るようにしております」

「面倒かもしれないけどそれがいいです。性根が腐っていますから、上履きにいたずらをするぐらいは平気でしてくるはずです」

（アイテムボックスがあるから持ち帰るのは簡単だしね）

澪亜は異世界スキル様様だなと思う。

それと同時に、田中純子が本当にそんなことをしてくるのか疑問でもあったが、過去に何度か教科書を真っ二つにされたことを思い出して、十分にあり得るなと考え直した。

「ちょっと、見て、あの子よ」

「あまり押さないでちょうだい」

「あんな可愛い子、うちの学校にいたの？」

開いているドアから、別のクラスの生徒たちが教室を覗いている。

一週間で澪亜の噂が広まって、こうして他クラス、他学年から様子を見に来る生徒が後を絶たなかった。

（ああ、習字を見に来たんだね。もっと近くで見てもいいのに……）

先日、担任の教師からクラスのスローガン『清く正しく美しく』を書いてほしいと頼まれ、澪亜が筆を執り、書きあげた習字が教室の後ろに貼ってある。

流麗な筆致に国語と漢文担当の教師も唸るほどだ。

（会心の出来だったね。おばあさま仕込みの書道だから誇らしいよ）

澪亜は満足げにうなずいた。

生徒たちが習字を見に来ているのだろうと、すっかり思い込んでいた。

「勘違いしてる……勘違いしてる……でも言えない……澪亜さんを見に来てるなんて言ったらダメ……私のハートがバーストするわ……」

隣にいるちひろが、種明かしをできないマジシャンのごとく嘆いている。

澪亜に真実を言ったら「そ、そんな?!」と顔を真っ赤にして恥ずかしがるに違いない。間近で澪亜の恥じらい姿を見たら、今度こそ心臓が止まるかもしれないと自衛本能が働いた。

「胸キュンは寿命を縮める気がするわね……」

「ちひろさん、あちらの方たちに、もっとお近くでご覧になってもいいですよと伝えるべきでしょうか？」

澪亜がスローガンからちひろへと視線を戻した。

「いえ、その必要はないかと思います。皆さんも他クラスにお邪魔するのを憚《はばか》っているようですよ？」

「まあ――そうですね。私ったら自分の習字を披露したいからって……恥ずかしいです」

澪亜が頬を赤くして、お上品に手で口を隠した。

ちひろは内心「ああ、あああああ」と叫びながら、にやける口をどうにか笑みに変えた。

「とてもお上手に書けたのですから、誰かに見てもらいたくなるのは当然のことです。私は剣道をやっているのですが、勝った試合はみんなに見てほしかったな、と思いますよ？」

澪亜は手を口から離して、ちひろを見つめた。

「まあ、ちひろさん……そうなのですね？　よかった……私だけじゃなくって……」

「誰しもが褒めてほしいと思っています。それは皆同じでしょう」

近くで話を聞いていたクラスメイトが、うんうんとうなずいている。

「ちひろさん、お上手とお褒めいただきありがとうございます」

何の気負いもなく、澪亜が自然に微笑みを浮かべた。

鳶色の瞳が幸せそうに弧を描き、ちひろは心が満ち足りた。

「それから、剣道をやってらしたんですね？　そういえばスキル……いえ、とても素敵なことだと思います。大和撫子であるちひろさんにぴったりの種目ですね」

（……スキルに〈剣道〉って項目があったことを言いそうになっちゃった……）

「いえいえ、大和撫子とは澪亜さんを表する言葉ですよ」

「そんな。私は髪がこんな色ですから、黒髪のちひろさんにこそふさわしいです」

澪亜はうらやましそうにちひろの黒髪を見つめた。

目立つ亜麻色の髪のせいで、何度かいじめられたものだ。

しばらくそんな他愛もない会話をしていると、教室の前方で静かにしていた純子が大きな声を出した。

「あーあ、読モの仕事、面倒だなぁ」

教室全体に聞こえるよう言ったので、クラスメイトが視線を向けた。

純子は口角を上げた。

「先月号も結構大きく載っててさぁ～、見る？」

鞄からファッション誌を取り出して、教卓に広げた。

取り巻き連中が「ホント！」「素敵」「最新の服ですわ」と取り囲む。

前の席にいた女子生徒も覗き込んだ。

「まあ、丸々一ページが田中さんですか？」

ファッションの話にはどの生徒も弱い。

気になったクラスメイトが次々と教卓へと足を運ぶ。

「……」

純子はメイクで整えた顔をにんまりとさせ、澪亜を見た。

澪亜に話題が集中することが耐えがたかったらしく、自分へ注目を集めようという魂胆のようだ。

「まあ、読者モデルですって。すごいですね？」

かく言う澪亜はまったく頓着していない。

「親の七光りですよ」

ちひろは苦い顔つきで、教卓を眺めた。

父親のコネで読者モデル枠に自分をねじ込んだのは明白であった。他のモデルと比べても、少し見劣りするのだ。背の高さが唯一のアドバンテージだとちひろは分析している。

純子が教卓を背に、澪亜の席へ近づいてきた。

「どこかの没落令嬢には手の届かない世界でしょうけどね？　ああ、もしほしいんだったら雑誌あげましょうか。最後のページだけ」

澪亜を見下ろしてケラケラと笑う。

（もう田中さんに何を言われても平気だよ。〈邪悪探知〉が反応するだけ……）

「最後のページが重要なのでしょうか？」

純粋な疑問を、澪亜はちひろにぶつけてみる。

「重要ではありません。冗談で澪亜さんを小馬鹿にしたいだけです」

「なるほど……そうなのですね？　一つ、理解できました」

「おい、勝手にしゃべってんじゃねぇぞ」

純子が睨みをきかせてくる。

「はぁ～、面倒くさいですね」

ちひろがそうつぶやき、純子と数回やり取りをする。

純子は反応の鈍い澪亜たちが気に食わないのか、さっさと教卓へと戻っていった。

「言いたいこと言えるって気持ちいいわ」

純子を撃退したちひろは満足そうだ。

(読者モデルか……私とは縁のない世界だね)

そんなことを思い、澪亜はファッション誌を囲んでいるクラスメイトを眺めた。

◯

都内某所、タワービルの最上階では連日会議が行われていた。

日本向けにリリースするファッションブランドの戦略について、とある事項で行き詰まっていた。

「人気ファッション誌〝ティーンズ〟への掲載が決まりました。特集も組まれます。何度も言っておりますよ。これがいかに重要かわかっていますか……?」

「でも、モデルがいないのよ」

洒落《しゃれ》たタイトスーツの男性と、フランス人らしき女性が話し合っている。

彼らはフランスの人気デザイナーが手がける、十代と二十代をターゲットにした姉妹ブランドを展開するチームの仲間であった。

二十代はモデルが見つかったのだが、十代のモデルがいないようだ。

「デザイナーのジョゼフが作った〝PIKALEE〟ブランドのイメージに合う少女を探してください。〝ティーンズ〟の専属モデルに着せるだけでなく、それとは別にブランドの看板になる女の子がほしいのです」

フランス人らしき女性が切れ長の目を細めた。

「反応が良ければその子を日本専属の我が社ブランドの広告塔にしたい。私は何度も言っているはずです」

「ブリジット……そう言われましても、もう何人も面接をしたじゃないですか……」

スーツの男性はハンカチで額を押さえた。

どうやら追い詰められた際の癖らしい。

会議室の大きなテーブルにはモデルたちの写真が貼られたポートフォリオが数百枚あり、さらにタブレットには他候補者のデータが大量に入っている。会議室にいる面々が、タブレットを操作して、ピックアップ作業を続けていた。

「有名モデルから無名モデルまで、すべて網羅したと言ってもいいんですよ？　もうこのあたりで決めていただかないと……制作が悲鳴を上げていますよ……」

「いないのだから仕方がないでしょう？」

ブリジットと呼ばれた女性は断固として首を縦に振らない。

「いっそ公募でもしたほうがよかったのでは？」

「そんな時間はないです」

「ですよね……」

ぴしゃりと言われ、スーツの男性は肩を落とした。

すると、停滞する会議室の空気を切り裂くように、ドアがノックなしに開けられた。

流暢なフランス語が会議室に響く。

『いやぁ、ごめんね。スカイツリーからの景色が見事で時間がかかってしまったよ』

部屋に入ってきた青年が言った。

年齢は二十代半ば、ジーパンに白シャツというシンプルな服装だ。

脚が定規で引いたようにまっすぐで長く、金髪を爽やかに分けている。

『ちょっとジョゼフ。何日もどこをほっつき歩いていたの？　今の状況わかってる？』

『オーララ、愛しのブリジット、会えて嬉しいよ』

ジョゼフはスカイツリー土産のキーホルダーをブリジットへ握らせ、そのまま手を取って甲にキスを落とした。

ブリジットは口がにんまりしてしまい、あわてて元に戻した。

『ジョゼフ。私たちには時間がないの。あなたが求めるモデルがいないのよ？』

ジョゼフは話を聞いているのかいないのか、愛おしそうにブリジットの手を撫で、ゆっくりと顔を上げた。

イケメンのフランス人がやると様になる動作だ。

スーツの男性は助けが来たと笑みを浮かべた。

『ジョゼフさん、そろそろモデルを決めてください。デザイナーのあなたがイエスと言えばイエスなのです。ブリジットも納得するでしょう』

日本人である彼がフランス語で言う。

悲痛な面持ちの彼を見て、ジョゼフが爽やかに笑った。

『ああ、モデルなら見つかったよ』

『――え？』

『――どういうこと？』

男性とブリジットが食いついた。

ジョゼフは上機嫌に両手で二人の勢いを押し止め、おもむろに口を開いた。

『この僕が一秒で恋に落ちて、十秒で手の届かない女性だと思った……そんな少女さ』

まるで尊い思い出に浸るかのように、ジョゼフが窓の外を見た。

二人は開いた口が塞がらない。

デザイナーのジョゼフは一見すると社交的に見えるが、非常に頑固者でこだわりが強い。

人間関係も、自分が認めた者以外は一切内側へ入れない徹底ぶりだ。

そんなジョゼフにここまで言わせる少女とはどんな人物なのか、ブリジットとスーツの男性は興味をそそられた。

『明日、僕が彼女を迎えに行くよ。ノブナガ氏、ポルシェ借りていい？』

『別に構いませんけど……』

スーツの男性――ノブナガがうなずいた。

『オーケーしてくれると嬉しいんだけどね。ああ、本当にいい子だよ。僕が人生で出逢った中で一番純粋な女性さ』

ジョゼフはそう言いつつ、ノブナガのポケットへ手を突っ込んでポルシェのキーを抜き、会議室のドアを開けた。

『ということだから、みんなは次の作業に移ってくれ』

ウインクを一つし、ジョゼフは部屋から出ていった。

「……」

「……」

ブリジットとノブナガが目を合わせる。

「……ジョゼフは気分屋だけど、自分でやると言った仕事は必ずやります」

「そうですね。ジョゼフさんが中途半端な仕事をしたことは今まで一度もない」

二人はモデルの件はジョゼフにまかせ、会議を次のフェーズへと移行させた。

31.

異世界ララマリア――魔の森を抜けたゼファーとフォルテは人族の中心部、王都へたどり着いていた。

王国の旗がはためき、道はレンガで舗装され、人々が行き交っている。

魔法文明によって独自の進化を遂げた人族の国には様々な種族が入り乱れていた。

来る者拒まず、去る者追わず。

扉を大きく開いている王都で一旗揚げようという若者は大勢いる。

人で賑《にぎ》わう街並みを見て、剣士ゼファーが顔をしかめた。

「一年前に比べて人が減ったか？」

そんな独り言に、エルフのフォルテが口を開いた。

「ええ、間違いなく減っているわ。職をなくした者も多くいるみたいね」

フォルテは路地裏にいる物乞いたちを見て、ため息とも舌打ちとも取れる声を漏らした。

「持って数年って宰相閣下の言葉はガチらしいな」

「そうね、ガチね」

王都流行の若者言葉を使いながら、二人は足早に王城へと進む。

ゼファーが気を取り直そうと、おどけて両手を広げ、剣柄を叩いた。

「それよりもさ、この聖剣を見たらみんな何て言うと思うよ？」

フォルテが調子を合わせ、やれやれと自分の背にかけている弓をそっと撫でた。

「バカ言わないで。聖剣よりも聖弓のほうがカッコいいわよ。エルフはみーんなこっちをうらやましがるわ」

「はっ、これだからエルフ族はねぇ。剣の素晴らしさがわかんねえのかな？」

赤い短髪の頭をかいて、ゼファーが両手で自分の耳を引っ張った。

これにはフォルテも対抗心が燃えてきたのか、美しい顔を両手で思い切り引き伸ばし、ゼファーを見た。

「人族、お金、名誉、最高」

フォルテがふざけて言うと、ゼファーが手を離して大笑いした。

「ギャハハハッ！　ひでえ顔だな！　悪かった悪かった、降参だ」

「聖剣も聖弓も、すべて聖女レイアが授けてくれたものだわ。どちらがいいとか、ないわね」

「そりゃそうだ」

ゼファーはレイアの微笑みを思い出すように、剣柄を握った。

「今は人族もエルフ族も関係ないでしょ」

手を離し、フォルテが瞳を輝かせる。

「だな。宰相閣下への話はまかせるぜ。聖女さまとララマリア神殿は実在したって伝えないとな」

「まかせてちょうだい」

「まかせた」

「って、あんたお偉いさんとの会談、いつも私にしゃべらせてるじゃない」

「そうだっけ？」

ゼファーがとぼけた調子で言い、前に出す足の速度を速くした。

「あ、こら、待ちなさい」

「早く行こうぜ」

ゼファーの早歩きに、フォルテがついていく。

王城へはそう時間がかからずに到着した。


二人はSランク冒険者として破格の待遇を受けている。

ゼファーとフォルテは荘厳な謁見の間へすぐさま通された。

国王と宰相は現在行われていた仕事をすべて切り上げ、謁見の間へやってきた。

「うむ。ご苦労であった。まずは二人が無事戻ってきた幸運を喜ぼう」

入室した国王が人の良さそうな笑みを浮かべた。

部屋にいた文官が一斉に膝をついた。

「ハッ、ありがとうございます！」

「ありがたき幸せに存じます」

ゼファー、フォルテが胸に手を当てて一礼する。

「うむ、うむ、よき、よき」

国王が笑みを浮かべてうなずいた。

背は低く、白ひげが地面に着きそうなほど長い。

温厚な人物で有名だ。

また、幸運値がずば抜けて高い４５００というのも彼の特徴であった。

国民は国王を敬愛してラッキーキングという愛称で呼んでいる。

「よっこらせ。皆も楽にせい」

国王が玉座に腰を下ろすと、文官たちが立ち上がった。

それと同時に、国王の後をついてきた黒服に身を包んだ男が重々しく口を開いた。

「無事なようだな」

一言だけつぶやき、国王の横へ立つ。

「宰相閣下、相変わらず鉄仮面だなぁ～」

「笑った顔、見たことないわよね」

「ラッキーキングと鉄仮面を見ると、帰ってきたなって感じがするけどさ」

「そうね」

ゼファーとフォルテが立ったまま、こそこそと言い合う。

「して、いかがであったか？　まずは結論から聞こう」

表情がまったく動かない鉄仮面な宰相が、三白眼の黒い瞳をフォルテとゼファーに向けた。

それを受け、フォルテが前へ出た。

「はい、宰相閣下。結論から申し上げます――ゼファー」

「おう」

フォルテが視線を投げると、二人は聖弓と聖剣を抜いて掲げた。

「魔の森の中心部に、ララマリア神殿は実在しておりました。これが、何よりの証拠です」

「なんと……！」

「……」

ラッキーキング、宰相が鑑定をかけた。

・ライヒニックの聖剣
攻撃力（＋３５００）
疲労軽減効果
聖なる光で悪しき瘴気《しょうき》を討ち滅ぼす。聖女に認められた剣士にのみ装備可能。
――現在、ゼファーが装備可能――

・ライヒニックの聖弓
攻撃力（＋２３００）

幸運（＋１０００）
連射＋命中に大幅補正
聖なる光で悪しき瘴気を貫く。聖女に認められた弓士にのみ装備可能。
——現在、フォルテが装備可能——

二人の目には聖剣と聖弓の文字が見え、さらに説明文『聖女に認められた——』という文言に驚嘆した。

「聖女さまがいたのだな⁈　本当に実在しておいでだったのだな⁈」

「予言は真《まこと》であったか……」

ラッキーキングは感動に打ち震えて玉座の手すりを握り、宰相は数ミリ目を細めた。

ゼファーがにやりと笑って、剣を腰へ納めた。

「ララマリア神殿も、聖女さまも実在しましたよ！　浄化魔法もこの目で見ましたぜ！　あと聖女さま——レイアっていう子なんですけど、めちゃくちゃ美人で、一緒にいるだけで癒やされるんですよ！　ヤバいっす」

「こら、ゼファー」

フォルテがたしなめるが、国王はあまり気にしていないのか、玉座から身を乗り出した。

「聖女レイアさま……全人類の希望じゃ……」

飄々《ひょうひょう》としているラッキーキングも、かなりの苦労をしてきている。

人類を存続させるべく、王として寝る間も惜しんで政務を行っていた。

「あとは伝説の聖句を探している神官ジョージが戻れば……」

ラッキーキングがぽつりとつぶやく。

「おお……」「聖女さまが実在した！」「これで救われる」「聖女さま……！」

謁見の間にいるすべての者が涙ながらに手を取り合い、歓声を上げる。

キングの言った〝神官ジョージ〟という人物の名前は、謁見の間へ溶けていった。

「報われますな……」

唯一キングの言葉が聞こえていた宰相が平坦《へいたん》な声で言う。

国王はねぎらいの言葉だとわかるのか、首を縦に振った。

「そうじゃな……。フォルテ、ゼファーよ、聖女さまはどちらにおいでなのだ？　来城されるなら歓待せねばならん」

「聖女さまはララマリア神殿にお残りになっておられます」

フォルテが背筋を伸ばし言った。

「何か使命があってのことじゃな？」

「はい。聖女さまは驚くべきことに、この世界の人間ではありません。チキュウ、という別の世界の住人でございます」

「別の世界の？」

「はい。現在、女学院という場所で高等教育を受けておいでです」

フォルテは澪亜から聞いた、現実世界のことを話した。

聖女のみ移動可能な世渡りの鏡。向こうの世界での生活があること。学生であること――

ラッキーキング、宰相は話を最後まで聞いて、数分話し合い、内容を飲み込んだ。

「では現在、聖女レイアさまはララマリアにおらん。そういうことじゃな？」

「そうです」

「なんと……どうしたらいいのじゃろうか……」

「はい。ですが、聖女さまからのご提案がございます。魔の森に街道を作る案です」

「街道を？」

ラッキーキングが憂いた表情を疑問へ変えた。

フォルテが力強くうなずいた。

「聖女レイアがララマリア神殿から魔の森への浄化を行い、王国までの道筋を作ってくださると、そうおっしゃっておいでです」

「街道！　我ら全人類の悲願ではないか！」

「はい。国王さま、宰相閣下は魔の森への人員確保を――我々は冒険者で志願者を集め、ララマリア神殿に集合したいと存じます」

「フォルテ、魔石のことも忘れるなよ」

横で聞いていたゼファーがアイテムボックスから魔石を取り出した。

国王と宰相が魔石へと視線をずらす。

「わかってるわ……。聖女さまがおっしゃるには、魔石を地面へ埋めて作物を栽培すると、育ちが良くなるそうです。もしこれが本当ならば、食糧難に陥っている全人類の現状を打破できるでしょう」

これにはたまらず宰相が前へ出た。

「魔石を？　本当なのか？」

「聖女さまが言うのです。試してみる価値はあるかと」

「………そうか、わかった」

宰相はこうしてはいられないと、部下を呼び、すぐに魔石栽培法を実験せよとの指示を出した。

十年前から食糧難に頭を悩ませていた宰相にとって、試す価値のある案件であった。

「このタイミングでゼファー、フォルテが聖女さまを見つけた……誠にラッキーである」

国王が大音声で言い、立ち上がった。

「神殿と王国を繋《つな》ぎ、いずれは全世界へと街道を繋ぐ――これを女神の故郷にちなんで『聖なる街道作戦《セントグレイス》』と呼ぶ！」

ゼファー、フォルテが胸を手に当て、宰相が深々と頭を下げた。

文官らも一斉に頭を垂れる。

「兵は神速を尊ぶ。行動を開始するのじゃ！」

号令一下、全員が一斉に動き始めた。

ここに集まっているのは国王と宰相の考えを実行できる優秀な人材ばかりである。

会話の内容から必要な規則、経費、人員などを算出すべく、部署ごとに謁見の間を出ていった。

「ゼファー、フォルテ、ご苦労であった。おぬしらには褒美をやらんとな」

国王が二人を呼び、ねぎらった。

「いいえ、褒美はいりません。依頼料だけで大丈夫ですわ。レイア……聖女レイアもそう言うでしょう」

フォルテが涼やかな瞳を前へ向けた。

「だな」

ゼファーがにかりと笑う。

「ああ、褒美ってわけじゃないんだけど、一つだけいいっすか？」

何か思いついたのか、ゼファーが宰相を見た。

「なんだ……？」

「宰相閣下がレイアと会ったら、あんたの鉄仮面がどうなるか気になるんですよ」

「ちょっ、バカ。何言ってんの？」

フォルテがゼファーの腕を引いた。

しかし、宰相が制して、話の続きを促した。

「聖女レイアに見つめられると、何ていうか、こう、胸の奥が熱くなるんですよ！　フォルテなんてあああっ、とか叫んでましたからね。エルフ族の発作らしいです」

「尊い発作ね？　病気みたいに言わないでちょうだい」

「いや、ある意味種族的な病気だろ？」

「ひどいこと言わないでよね！　このっ、このっ」

「あぶ、あぶなぁっ！」

フォルテの拳をゼファーが間一髪で避《よ》けた。

「……ゼファーは私の顔が変わると？　そう言っているのか？」

宰相が重々しく言い、二人は気まずそうに姿勢を正した。

国王は面白そうに聞いている。

「私は笑わん。くだらんことを言う前に働け」

宰相はそう言い、ゼファーへ金貨の入った袋を放り投げた。

ゼファーがキャッチし、「それはどうかな」と澪亜と宰相の邂逅《かいこう》を想像して笑う。

「冒険者の諸君によろしく伝えてくれい」

国王がラッキーキングと呼ばれるにふさわしい、晴れ渡る空のような笑顔を浮かべ退出した。

ゼファーとフォルテは二人の背中を見送り、顔を見合わせた。

「レイアに会ったら鉄仮面も剝がれるだろ？」

「だと思うわ」

ゼファーは豪快に笑い、フォルテはくすくすと楽しげに微笑む。

異世界ラマリアは聖女レイアを待ち望んでいた。

○

その頃、ララマリア神殿にはピアノの旋律が響いていた。

聖女服を着た澪亜が、鍵盤の上で両手を躍らせている。

(ヒカリダマさんも楽しそう……ふふっ)

笑みを浮かべて、幸せそうな表情で澪亜は礼拝堂を見上げた。

まん丸のヒカリダマが上下に宙で跳ねて、きらきらと光の粒をこぼしている。それが礼拝堂の中で何百と輝いていた。

聖女の誕生を祝福するように、ヒカリダマは澪亜の弾くモーツァルトの『きらきら星変奏曲』に合わせて楽しそうに動いている。ピアノを弾けばどこからともなく現れるヒカリダマは、曲に合わせて、世界の平和を祈っているようにも見えた。

「きゅっきゅきゅう!」

ウサちゃんが澪亜の膝の上で鳴いた。

その曲好きだよ、と言っている。

「まあ。私も好きなんですよ」

両手を動かしながら、澪亜はウサちゃんのくりくりした目を見つめた。

ウサちゃんは嬉《うれ》しそうに鼻を震わせている。

(異世界に来れて、聖女になれてよかった……こんなに幸せな気持ちになれるなんて……前までは思いもしなかったな……)

澪亜は曲の流れに身をまかせ、聖女になる前の自分を思い出した。

両親を失った悲しみと闘い、いじめられ続け、毎日をみじめな気持ちで生きてきた。

どんなに「やめて」と言ってもやめてくれない、理不尽さに耐えてきた。

両親が生きていてくれたら——という夢想を、何度したか覚えていない。

そんな暗く悲しい灰色の景色が、異世界と現実世界を行ったり来たりするようになって百八十度変わったように思う。世界がこんなにも楽しく、色に満ちていることを澪亜はあらためて知った。

異世界に入り浸っていた高校一年生の夏休みを忘れることはないだろう。

曲が終盤に差し掛かり、身体を前傾姿勢にして鍵盤へ想いを込めた。

(ララマリア神殿と……聖女という職業に感謝を……!)

澪亜の想いとともに、両手が別々の生き物のように動き、礼拝堂に美しい音が重なり合って、空間を埋め尽くしていく。

最後に鍵盤をなぞるように弾いて曲を終わらせると、ヒカリダマが拍手をするかのように、粉雪のような光の粒を降らせた。

「きゅうきゅう!」

ウサちゃんが器用に前足を合わせて、てしてしと拍手を送る。

澪亜はウサちゃんを抱いて立ち上がり、大きな瞳を幸せそうに横に細めて笑い、丁寧に一礼をした。

Kラノベブックス

異世界《いせかい》で聖女《せいじょ》になった私《わたし》、現実世界《げんじつせかい》でも聖女《せいじょ》チートで完全勝利《かんぜんしょうり》！

四葉夕《よつばゆう》ト

2021年7月29日第1刷発行

発行者	森田浩章
発行所	株式会社 講談社 〒112-8001　東京都文京区音羽2-12-21
電　話	出版　(03)5395-3715 販売　(03)5395-3608 業務　(03)5395-3603
デザイン	百足屋ユウコ＋小久江厚（ムシカゴグラフィクス）
本文データ制作	講談社デジタル製作
印刷所	豊国印刷株式会社
製本所	株式会社フォーネット社

KODANSHA

ISBN978-4-06-522843-2　N.D.C.913　295p　19cm
定価はカバーに表示してあります

ファンレター、作品のご感想をお待ちしています。

あて先　〒112-8001　東京都文京区音羽2-12-21
（株）講談社　ラノベ文庫編集部 気付
「四葉夕ト先生」係
「福きつね先生」係

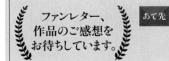

Kラノベブックス

転生大聖女の異世界のんびり紀行

著:四葉タト　イラスト:キダニエル

睡眠時間ほぼゼロのブラック企業に勤める花巻比留音は、心の純粋さから、
女神に加護をもらって異世界に転生した。
ふかふかの布団で思い切り寝たいだけの比留音は、万能の聖魔法を駆使して仕事を
サボろうとするが……周囲の評価は上がっていく一方。
これでは前世と同じで働き詰めになってしまう。
「大聖女になれば自分の教会がもらえて、自由に生活できるらしい」と聞いた
ヒルネは、
のんびりライフのために頑張って大聖女になるが……

Kラノベブックス

転生大聖女の目覚め

～瘴気を浄化し続けること二十年、起きたら伝説の大聖女になってました～

著:錬金王　イラスト:keepout

勇者パーティーは世界を脅かす魔王を倒した。しかし、魔王は死に際に世界を破滅させる瘴気を解放した。

「皆の頑張りは無駄にしない。私の命に替えても……っ！」。誰もが絶望する中、パーティーの一員である聖女ソフィアは己が身を犠牲にして魔王の瘴気を食い止めることに成功。世界中の人々はソフィアの活躍に感謝し、彼女を「大聖女」と讃えるのであった。

そして歳月は流れ。魔王の瘴気を浄化した大聖女ソフィアを待っていたのは二十年後の世界で――!?

Kラノベブックス

二周目チートの転生魔導士1～3
～最強が1000年後に転生したら、人生余裕すぎました～

著:鬱沢色素　イラスト:りいちゅ

強くなりすぎた魔導士は、人生に飽き千年後の時代に転生する。
しかし、少年クルトとして転生した彼が目にしたのは、
魔法文明が衰退した世界と、千年前よりはるかに弱い魔法使いたちであった。
そしてクルトが持つ黄金色の魔力は、
現世では欠陥魔力と呼ばれ、下に見られているらしい。
この時代の魔法衰退の謎に迫るべく、
王都の魔法学園に入学したクルトは、
破格の才能を示し、二周目の人生でも無双してゆく――!?

Kラノベブックス

呪刻印の転生冒険者
～最強賢者、自由に生きる～

著:澄守彩　イラスト:卵の黄身

かつて最強の賢者がいた。みなに頼られ、不自由極まりない生活が億劫になった彼は決意する。

『そうだ。転生して自由に生きよう！』

二百年後、彼は十二歳の少年クリスとして転生した。

自ら魔法の力を抑える『呪刻印』を二つも宿して準備は万端。

あれ？　でもなんだかみんなおかしくない？　属性を知らない？　魔法使いが最底辺？

どうやら二百年後はみんな魔法の力が弱まって、基本も疎かな衰退した世界になっていた。

弱くなった世界。抑えても膨大な魔力。

それでも冒険者の道を選び、目立たず騒がず、力を抑えて平凡な魔物使いを演じつつ――

今度こそ自由気ままな人生を謳歌するのだ！

コミック化も決定！　大人気転生物語!!

Kラノベブックスf

悪食令嬢と狂血公爵
～その魔物、私が美味しくいただきます！～

著:星彼方　イラスト:ペペロン

伯爵令嬢メルフィエラには、異名があった。

毒ともなり得る魔獣を食べようと研究する変人――悪食令嬢。

遊宴会に参加するも、突如乱入してきた魔獣に襲われかけたメルフィエラを助けたのは魔獣の血を浴びながら不敵に笑うガルブレイス公爵――人呼んで、狂血公爵。

異食の魔物食ファンタジー、開幕！